少年陰陽師

しょうねん おんみょうじ

少年陰陽師 肆拾叁

召喚之音

招きの音に乱れ飛べ

結城光流—著 涂愫芸—譯

重要人物介紹

藤原彰子
左大臣藤原道長家的大千金，擁有強大的靈力。現在改名叫藤花。

小怪
昌浩的最好搭檔，長相可愛，嘴巴卻很毒，態度也很高傲，面臨危機時便會展露出神將本色。

安倍昌浩
十七歲的半吊子陰陽師。父親是安倍吉昌，母親是露樹。最討厭的話是「那個晴明的孫子 ?!」

六合
十二神將之一的木將，個性沉默寡言。

紅蓮
十二神將的火將騰蛇，化身成小怪跟著昌浩。

爺爺(安倍晴明)
大陰陽師。會用離魂術回到二十多歲的模樣。

朱雀

十二神將之一，是天一的戀人。

天一

十二神將之一，暱稱是「天貴」。

勾陣

十二神將之一，通天力量僅次於紅蓮。

太陰

十二神將之一的風將，個性和嘴巴都很好強。

玄武

十二神將之一，乍看是個冷靜、沉著的水將。

青龍

十二神將之一，從以前就敵視紅蓮。

脩子

內親王，因神詔滯留伊勢。

安倍昌親

昌浩的二哥，是陰陽寮的天文得業生。

安倍成親

昌浩的大哥，是陰陽博士。

天空

十二神將之一的土將，是十二神將的首領，雖然眼盲，但內心澄明。

風音

道反大神的愛女。以前她曾想殺了晴明，現在則竭盡全力幫助昌浩。

藤原敏次

陰陽得業生，在陰陽寮裡是昌浩的前輩，個性認真，做事嚴謹。

氣滯塞不通。

沒多久，死亡便開始循環。

1

細細玩味所謂的祈禱。

纏繞著灰白鬼火的牛車，在深山裡的道路停下來。

不絕於耳的車輪聲戛然而止，一片靜寂。

沒有拖牛車的牛。這是一輛妖車，比成年男人高大的車輪中央，有一張鬼臉。

穩穩坐在比一般牛車短的車轅上的三個身影，輕盈地跳下來。接著，有人掀開了前車簾。

「喂、喂，不要先走啊。」

探出頭來的昌浩皺起了眉頭，小妖們爭相反嗆他。

「是你下來得太慢啦。」

「就是嘛、就是嘛。」

「我們要丟下你囉，昌浩，快來啊。」

老相識的小妖們，不知道是不是忘了把客套話和禮儀擺在哪裡了？或是認為沒有用，所以作廢了？

究竟是怎麼樣呢？昌浩思考後搖搖頭。

結論是起初先擺在某個地方，後來漸漸認為沒有用，就不知道拋到哪裡去了，拋得一乾二淨。

昌浩茫然地望著遠處。

回想起來，京城裡的小妖們都對晴明毫無顧忌，晴明對它們動不動就極為失禮的行為，也都是笑著寬恕。

最近昌浩總算明白了，那不是寬恕。絕對不是。

祖父是對怎麼說都充耳不聞的天真無邪的小妖們死心了。

「明明是小妖，卻用無邪來形容它們，也太奇怪了吧？就是有邪氣、沒正氣才稱為小妖嘛，沒邪氣的小妖怎麼說都有問題。」

聽到昌浩嘀嘀咕咕，三隻小妖都疑惑地扭頭看他。從它們的表情可以知道，它們雖然沒聽清楚昌浩在說什麼，但知道他是在說它們。

昌浩揮揮手表示沒什麼，三隻小妖彼此互看一眼，但似乎並不怎麼在意，又悠哉地向前走。昌浩看著它們的背影，低聲咕噥：

「小妖這樣好嗎？」

昌浩還是無法釋懷，但晴明已經斷念了。一定是因為這樣，才選擇不生氣、不焦躁，用比大海更浩瀚的心來對待它們。

想到這裡，昌浩眨了眨眼睛。

「等等。」

所謂斷念，就是接納了它們的行為。儘管心不甘情不願，還是寬恕了它們。歸根究柢，事情會變成這樣，始作俑者就是晴明本人。

這個不生小妖的氣，把天真無邪的小妖當有趣的安倍晴明，現在年紀已經超過八十，看起來超然物外，其實是個目中無人、令人難以捉摸、老奸巨猾的狐狸老頭。

「嗯～這幾個傢伙是這麼重要的人物嗎？不，等等，它們不是人，所以是重要的妖怪？雖然沒什麼邪氣。」

或許不全然是因為它們的關係，但就某方面來說，安倍晴明能成為現在的安倍晴明，在人生道路的鋪設過程中，它們也是不可或缺的要素。

「小妖們是爺爺之所以成為現在的爺爺的要素之一嗎？是這樣嗎……」

三隻小妖開開心心地向前走，昌浩邊追著它們邊沉思。

不過，對晴明來說，有小妖在的生活，已經成了天經地義的事吧？對現在的自己來說，這三隻小妖也在不知不覺中，成了理所當然應該在那裡的存在。

《以前，風音說過，》

沉默的十二神將六合的聲音在耳邊響起。

《它們是一群沒常識的小妖。》

「咦，為什麼？」

因為六合隱形所以看不見身影，但感覺得到神氣。昌浩往六合所在的地方望去，得到缺乏抑揚頓挫的回答。

《她說從來沒見過這種小妖，去伊勢參拜後又來貴船參拜。》

「哦……」

頗有同感的昌浩用力點頭。

「嗯，我也這麼覺得。」

它們甚至帶著陰陽師給的辟神符，在神域得意洋洋地昂首闊步，跟陰陽師一起來參拜守護京城北方的貴船山的主殿，這種小妖一定是空前絕後。

而且，這群小妖還不是第一次來貴船參拜，早就來過好幾次了，叫人不敢恭維。

小妖們自己來的時候，聽說都是在看得到主殿的門的地方參拜完就走了。

猿鬼興奮地揮著一隻手說：

「今天有昌浩一起來，可以大大方方進入主殿了。」

「沒錯，還是應該跟陰陽師一起來。」

獨角鬼附和，龍鬼也用力點頭。

「還可以搭便車呢。」

走在它們後面的昌浩，半笑著扭頭往後看。

貴船神社有一般人看不見的結界守護，車之輔停在肉眼看不見的保護牆外，察覺昌浩的視線，開心地搖晃前車簾。

看到唯一的式做出那樣的動作，昌浩苦笑起來。自從收它為式後，它就一心一意地侍奉昌浩。

昌浩在播磨國的菅生鄉日夜修行時，它每天晚上都會去竹三条宮周邊巡視，確認有沒有異狀。

其實主人昌浩什麼都沒說，但它揣測這應該是主人最掛心的事，所以就幫主人

做了。

知道這件事時，昌浩心中充滿難以言喻的感覺。

昌浩向車之輔揮揮手，又把視線拉回到小妖身上。

「我想你們應該沒做過什麼對貴船祭神失禮的事吧？」

嗓音稍微嚴厲，三隻小妖就嚇得猛搖頭。

「別這麼說嘛，我們都很懂禮儀啊。」

「祂可是全國排行前五名的天津神呢。」

「我們也很愛惜生命啊。」

「很好、很好，沒有就好。」

看到昌浩正經八百地安下心來，猿鬼轉身面向他，手扠著腰說：

「你很不信任我們呢，我們也是悉心竭力地照顧公主呢。」

「就是嘛，公主那麼努力，我們當然要陪著她。」

「有什麼事時，我們一定會保護她。」

昌浩點著頭說是啊、是啊，心中暗忖：

妖怪居然說要保護天照大御神的後裔，真不知道該說什麼才好。

又繼續走向主殿的小妖們，瞥了昌浩一眼說：

「對了，式神怎麼樣了？復原了嗎？」

「啊，小怪嗎？」

「還有其他式神們。」

「嗯……」

低吟的昌浩皺起了眉頭。

約莫一個月前，在異界的尸櫻森林發生了什麼事，他沒有詳細說明。因為沒必要也沒理由，當然不用說明。然而，回到安倍家的神將們明顯衰弱了許多，所以即便不清楚原因，這件事還是很快在京城裡的小妖之間傳開了。

所幸，沒有輕率之徒敢趁機發動攻擊。而且，安倍家有十二神將天空佈設的結界，所以也不必擔那種心。

日子過得非常祥和，頂多只有特別愛湊熱鬧的小妖們，接連好幾天聚集在瓦頂板心泥牆外，想確認神將們的傳聞是不是真的。

「小怪應該康復得差不多了，其他人嘛，嗯，也還好吧……？」

待在安倍家的是小怪、勾陣、六合、天空四名，其他分散在異界和吉野的山莊。

太陰、天后、太裳在吉野，其他都在異界。

比較健康的白虎、天一偶爾會現身，報告待在異界的神將們的狀況。

勾陣大多待在晴明的房間，起初都是看到她躺著，最近終於可以靠著牆壁或柱子坐起來了。不過，看起來昏昏沉沉，沒坐多久就又躺下來了。這種時候靠近她，她也不會有任何動作。

對於勾陣的毫無反應，大家驚訝之餘，也感受到她有多衰弱。

看到昌浩有點懊喪的表情，獨角鬼說：

「我們也為神將向貴船之神祈禱吧？」

「咦？」

昌浩不由得張大了眼睛，龍鬼舉起一隻手說：

「喔，好主意，祂是全國排行前五名的神吧？」

「對哦，這樣式神們一定也很快就會好起來！」

「等等、等等、等等、等等、等等、等等、等等、等等。」

小妖們說完就要往前衝，昌浩從後面一把抱起它們，臉部抽搐地說：

「不用，不用那麼做，你們有這份心我就很開心了。」

「不用客氣啦。」

「我們跟你是什麼交情嘛。」

「式神們平時都很照顧我們啊。」

「不用，我真的心領了，真的謝謝你們。」

「咦咦咦咦咦咦？」

三隻小妖顯得很不滿，昌浩接著說：

「我由衷感謝你們，太感激了。不只是我，六合、六合也這麼想吧!?」

昌浩一回頭，十二神將六合就在他視線前現身了。高大、沉默寡言的神將的黃褐色眼眸，清楚浮現有話要說的神色。

俯視昌浩好一會的六合，嘆著氣點了點頭。

「看吧，代表神將的六合都這麼說了，所以你們有這份心就夠了。」

他哪是什麼代表，不過是現場只有他在，只好暫時充當，不然小妖不會輕言放棄。

「是嗎？」

「不用客氣啊。」

「好吧，那就盡全力為晴明祈禱。」

「哈哈哈……謝謝。」

抱著小妖們往前走的昌浩，在主殿門前停下來。

他先把三隻小妖放下來，然後行個禮，從左腳踏入神社用地內。不管什麼神社，都要從左腳踏入，這是規矩。也不可以忘記行禮。

令昌浩佩服的是，三隻小妖也都恪遵禮法。「連這個都懂呢。」他正這麼想的時候，龍鬼嘿嘿笑著挺起胸膛說：

「晴明都教過我們了。他說只要懂得禮儀，不要做壞事，神也不會做出蠻橫不講理的事。」

猿鬼和獨角鬼都點頭應和。

「所以，我們要向神明祈禱，讓教會我們這件事的晴明趕快醒來。」

「晴明說過，只要祈禱夠虔誠，神就會聽得見。」

「還有，光祈禱什麼都不做，也不能實現，所以要配合祈禱做正確的事，老老實實地活著。」

「……」

昌浩被它們說的話打動，頓口無言。

他驀然遙望夜晚的黑暗。

南方天際沒有月亮也沒有星星，被暗灰色雲層覆蓋，給人淤滯沉悶的感覺。

在那片遙遠的天空下，是吉野之地。

安倍晴明就在那裡，陷入不知何時才會甦醒的睡眠中。

很久沒來貴船的主殿了。

踏入神社用地內的昌浩，帶著懷念，緩緩環視用地內。

遼闊的用地的最裡面，有形狀跟記憶中一模一樣的船形岩。當然是一模一樣，但他實在太久沒來了，還以為多少會有一些些改變。

用地內充滿祭神飄散出來的清冽、凜然、清澄的神氣。

昌浩平靜地吸口神氣，眼皮微微顫動。

他謹慎小心地環視周遭。

感覺哪裡不對勁。他探索原因，想到了。

「是樹木……」

開始枯萎了。

還沒完全枯萎，但各處的樹木都病懨懨，葉子東一片西一片漸漸從綠變褐。

樹木枯萎了。

「高淤神……」

難以言喻的不安湧上心頭，昌浩呼喊神的名字。

貴船的清淨神氣，是許多茂密的樹木化育出來的，因為樹木的氣也是一種神氣。氣的循環是生命的循環。

看到昌浩不尋常的模樣，三隻小妖乖乖地緊靠在一起。

在用地內走來走去的昌浩，沒多久便察覺頭頂上有神氣，猛然抬起頭。

銀白色光芒閃耀的龍身，悠然盤捲在半空中。

昌浩鬆了一口氣，卻也皺起了眉頭。

龍在定睛凝視的昌浩面前翩然降落，先是看到一團光芒，轉眼間熟悉的神的身影就出現在那裡了。

神上下揮揮手掌，叫昌浩靠過來。

昌浩慌忙聽從指示。

小妖們不知道可不可以跟著他去，用眼神向神請示。

高淤神瞥一眼緊靠在一起的三隻小妖，拱起肩膀，合抱雙臂。

那樣子像是在說「有什麼事快說，我聽著」。

猿鬼向前一步，雙手合掌。

「求求祢！讓安倍晴明醒過來吧！」

「求求祢！」

獨角鬼和龍鬼也齊聲請求，然後三隻一起低下頭來。

「——」

高淤神面無表情地看著小妖們。昌浩覺得祂那樣子像是在思索，又像是難以置信。

難以置信也情有可原，因為它們不過是小妖，卻一有什麼事就跑來這裡，向神祈禱，請求神幫忙這個、幫忙那個。

即便不是高龗神，其他神也會懷疑它們到底在想什麼。

就這樣睥睨小妖一陣子，神終於撇撇下巴，示意它們離開。

小妖們不敢有半句怨言，一轉身，蹦蹦跳跳出了用地外。

昌浩目送它們背影離去，喃喃嘀咕著：

「還真聽話呢……」

原來面對神，它們就不會碎碎唸了？不，可能是想唸也不敢唸，因為特地來到這裡，請求神的幫忙，萬一惹神不高興，就白來了。

「那麼，你有什麼事呢？」

被神嚴肅地質問，昌浩重新轉向了神。

站在船形岩上的莊嚴身軀，有點透明，若隱若現。

昌浩皺起眉頭開口說：

「高龗神龍體安……似乎不太安康。」

原本要說公式化問候語的昌浩，中途說出了自己真正的感覺，神眨眨眼睛，微微笑了起來。

「你的樣子變了，性情卻沒變。」

被這麼一說，昌浩赫然驚覺，低下頭說：

「回京城後，遲遲未來問候，懇請饒恕。」

「沒關係，你沒這種心情。」

昌浩的確沒那種心情，但聽神的語調，似乎是在說其他事。

從剛才到現在，高龗神的身影都有點透明，若隱若現。

他想起擴及貴船山的樹木枯萎現象，莫非是這個原因？
「京城的樹木枯萎，似乎也擴及到這裡了。」
「樹木枯萎也擴及到京城了嗎？」
昌浩的背脊一陣寒意。
「這是怎麼回事……」
雙臂交叉合抱胸前的神，背過臉說：
「不用問也知道吧？」
在播磨鄉看見的快枯萎的柊樹，在昌浩腦中浮現又消失。菅生鄉的樹木，除了柊樹外，其他樹木也急速枯萎，神祓眾的長老們非常重視這個現象。
對了，他們還派出眼線到各地調查，不知道結果怎麼樣了？
一回到京城，就忙著在皇宮裡舉辦的猜謎比賽，後來晴明又下落不明，所以就把這件事暫時擱下了。
昌浩沉思了一會，小心措詞說：
「怎麼樣才能阻止樹木的枯萎？」
神的表情沒有變化。

「樹木枯萎便會導致氣的枯竭，形成污穢沉澱。不斷斷樹木枯萎的根本，就會有東西被污穢召喚而來，聚集在一起。」

「那是？」

「聚集的東西。」

神這麼回答，昌浩想更深入詢問，但觸及神的視線，話就卡在喉嚨出不來了。蘊藏在琉璃色雙眸裡的光芒，冰冷得可怕。那不是憤怒，而是警告。神用眼神告訴他，不要再問了。

昌浩在心中複誦神說的話，知道神不是不願意回答，而是避免明說。說出來就會召來那些東西，所以不能明說。但神還是說了什麼。該警戒的不是樹木的枯萎，也不是因此帶給京城居民的沉悶空氣，而是因此被召喚來、聚集在一起的東西。那才是必須警戒、必須防止的東西。

昌浩甩甩頭，改變了話題。

「剛才小妖們也說了，我的祖父還沒醒過來。」

神默默催他往下說。

「想請高淤神幫忙。」

默然俯視著昌浩的高龗神，把視線一滑，望向了京城的遙遠南方。

神的身影若隱若現，有些透明。昌浩看得見，是因為隨身掛在脖子上的道反勾玉讓他看見的。

在菅生鄉持續進行嚴格的修行，還是沒能挽回他的靈視能力。原本期待會有些幫助，結果是想得太美了。

不過，儘管沒辦法靠自己的能力，還是能這樣藉助勾玉的力量看得到，而且失去靈視能力後，反而聽得見車之輔的聲音了，所以實際上並沒有什麼不方便的地方。

神望著吉野方向，終於開口說：

「我不能幫你。」

昌浩大吃一驚。高淤神看著昌浩，淡淡接著說：

「你這樣來求我救你祖父，是第二次了。」

「……」

昌浩的眼皮震顫，某天夜晚的光景閃過腦海。

以前，他曾抱定必死的決心，竭盡全力向神祈求，求神指示怎麼樣才能救祖父一命。

那時候，神說沒有辦法，還請他原諒。

他記得當時還是個孩子的自己，忍住不哭，但還是眼角發燙、眼皮震顫、肩膀顫動，想必聲音也在發抖，只是自己不知道而已。

祖父若是醒來，就表示得救了。若是醒不來，從此結束生命，是既定的命運，那就無法挽回了。神就是這個意思吧？

昌浩閉起眼睛，深吸一口氣，把洶湧起伏的情感埋入心底，緊閉嘴唇。

然後，握著拳頭抬起眼皮說：

「我做了無理的要求，請忘記。」

強裝鎮靜行禮的昌浩，聽見高龗神對他說話的聲音。

「是樹木的枯萎阻礙了晴明甦醒。」

他猛然抬起頭，很不禮貌地看著神的容貌。

「什麼……？」

疑惑的低喃從他口中不自覺地溢出，神聳聳肩說：

「所以我才說，求我也沒有用。」

神的嗓音很平靜，但不冰冷。

「若阻止樹木的枯萎呢？」

「醒來也是一種氣的循環啊，小毛頭。」說完後，神微微笑了起來。「不對，不能再叫你小毛頭了，安倍昌浩。」

光是這樣，昌浩就知道，神看透了一切。

昌浩眉毛也沒動一下，開口說：

「因為我是陰陽師。」

「是嗎？」

「是的。」

昌浩回應，高淤神輕聲嘆著氣說：

「人的生命轉瞬即逝。」

昌浩默然點頭。

「不只晴明，你的生命也不長。」

高龗神的眼睛炯炯發亮。

「不過，少有人能阻斷樹木的枯萎。」

緊閉著嘴巴的昌浩，動也不動地注視著高龗神。

2

在進入神社用地的門旁邊窺視的小妖們，看到昌浩行個禮走回這裡，慌忙從參拜道路跑下來。

跑到車之輔那裡，三隻小妖彼此互看了一眼。

昌浩與神之間的對話，雖然說得不大聲，但身為妖怪的小妖們還是勉強聽到了一些。

走回來的昌浩，看到小妖們就輕輕嘆了一口氣，可能是因為他早就察覺它們躲在門後面偷聽了。

果不期然，他合抱雙臂，揚起眉毛說：

「你們應該知道，惹神生氣會很慘吧？」

三隻小妖乖乖地低下頭，但最後還是忍不住，慢慢抬起頭，低聲說：

「我們錯了，可是……」

「嗯？」

小妖們跳到歪著頭的昌浩的狩袴下襬，扭擺著往上爬，攀附在他的肩膀和背部上。

「貴船之神為什麼那麼說？」

「說什麼？」

昌浩訝異地問，獨角鬼支支吾吾了半天才說：

「祂說不只晴明，你的生命也不長……」

突然，車之輔嘎噠一聲，高高跳了起來。

《咦!?》

它急忙轉變方向，把鬼臉逼近昌浩。

《主、主人、主人！剛、剛才，小妖大人們說了很可怕的話！》

那樣子像是快哭出來了，開始啪沙啪沙搖晃前後車簾。以人類來說，就是驚慌得直打哆嗦。

《喂，猿鬼大人、獨角鬼大人、龍鬼大人！神為什麼會對主、主人說那種話呢？不、不，就算是貴船的祭神，也不能說那麼可怕的話！在下馬上去稟報神，請神撤銷這句話！請神立刻收回這句話、撤銷這句話！》

昌浩慌忙擋在就要衝出去的車之輔前面，舉起手說：

「喂、喂，冷靜點，車之輔。」

《可是……！》

激動到極點的車之輔，眼淚滂沱而下。

《為什麼……為什麼……說那種話……》

車之輔再也說不下去了，小妖們也跟著它淚眼婆娑。

「為什麼……為什麼說生命不長呢……」

「喂，昌浩，你加入我們這邊嘛，你身上也流著天狐的血啊，我們都很歡迎你。」

「妖怪很長命哦，我們也從晴明還是嬰兒時就認識他了。」

「大家都叫他安倍童子呢。」

「所以、所以……」

小妖們的臉都皺成了一團，沒多久就嗚嗚哭了起來。

「不要說你會死嘛！」

《在下……在下……》

妖車哭得全身哆嗦顫抖，攀附在昌浩胸部、背部、肩部的小妖們也嚎啕大哭，

昌浩呆呆看著它們。

這下該怎麼辦呢？

總之，先把這群完全不聽解釋的小妖們剝下來，下山去吧？

也可以把它們丟在這裡，但它們很可能引發騷動，惹得神不高興，這是昌浩最想避免的事。

按著太陽穴思考的昌浩，發現在附近隱形的六合現身，露出有話要說的表情。

「你也一樣嗎？六合。」

昌浩半眯起眼睛低喃，沉默寡言的十二神將的眼睛泛起了厲色。

昌浩深深嘆了一口氣。

「我說你們啊……」

小妖們都盯著以半無奈的表情切入話題的昌浩。

「你們知不知道神可以活多久？」

小妖們眨眨眼睛，相對而視。

「不知道……」

「從來沒想過。」

「是嗎？」

看它們疑惑地搖著頭，昌浩又問它們：

「那麼，你們可以活多久呢？」

三隻小妖和車之輔都停止哭泣，困惑地猛眨眼睛。

「沒想過呢……」

因為妖怪可以活很長、很長。若沒什麼意外，它們幾乎不會死。

昌浩聳聳肩說：

「那麼，你們知道人類可以活多久嗎？」

這次它們都點頭了。

「長的話大約八十年或九十年吧。」

「可是，也有人還是嬰兒時，就去了那個世界。」

「也有人只活三十年或四十年。」

《有人會出意外、有人會生病，所以很難一概而論……》

「對、對，你們都很清楚嘛。」

昌浩點著頭說很好、很好。

「對高淤神來說，連爺爺的壽命都只有一瞬間。」

晴明在人類中算是長命，但與非人類的神或妖怪相比，恐怕是超短命吧？

「我沒辦法活得像爺爺那麼長……」

小妖們露出「咦」的驚訝表情，昌浩苦笑著說：

「要活到那把歲數太難了，爺爺真的很長壽……活得好長。」

真的是長到大家都覺得他還能活很久很久，長到大家都有種他會永遠存在的錯覺。

「我做過太多超越能力的事了。還有，請不要把我跟一隻腳踩在妖怪界裡的爺爺混為一談。」

「咦？你身上也流著天狐的血吧？你明明就是他的孫子啊。」

「不要叫我孫子。」昌浩反射性地回嗆，皺起眉頭說：「總之，這和那是兩回事……我會盡可能努力活長一點。」

身為人類，有很多事無能為力，天命就是其中之一。

「所以，你不必露出這種表情啊，六合，高淤神只是為我擔心。」

然而，昌浩知道一件事。在播磨修行的日子，他偶爾會有想到「啊，原來如此」的瞬間。

那就是對神來說，自己和祖父都是無可取代的道具。

因為是道具，所以會珍惜，偶爾或許也會有眷戀。但道具就是要拿來用的，因為有用，才會珍惜。

不能用了，就尋找下一個道具。

神就是這樣。

如同我們會珍惜已經用習慣、方便使用的筆或占卜用具那般，神也會眷戀長期使用的道具。

神就是這樣看待人類、這樣對待人類。

與晴明和昌浩對待身為式的十二神將的心情，是不同的性質。

十二神將也是居眾神之末的存在，所以他們對人類的情感，原本也是跟高淤神同性質吧？

但他們展現的反應，卻與人類的情感相近。這是因為長時間當安倍晴明的式神，讓他們的心產生了變化。

「……」

昌浩看著攀在自己身上的小妖們，在內心思索。

如同十二神將產生變化那般，小妖們其實也因為跟祖父接觸而改變了吧？不過，它們是在祖父出生之前，就跟人類有接觸，所以也可能從很久以前就是這樣子了。

「車之輔，你冷靜下來了吧？」

轉頭一看，車之輔還是淚眼汪汪地注視著主人昌浩。

昌浩苦笑起來，默默接納它的視線。

這樣過了一會，昌浩發覺有淡淡的白點掠過視野，驚訝地屏住了氣息。

這裡是通往主殿的參道，在這裡側耳傾聽，可以聽見河川流水潺潺。

現在是夏天。

在黑夜裡，目不轉睛地望著河川方向，就可以看到好幾個小光點輕飄飄地飛來飛去。

「螢火蟲……」

昌浩喃喃低語，懷念地瞇起了眼睛。

在貴船看螢火蟲是多久前的事了？

「啊，還有螢火蟲沒睡呢。」

這麼說的是猿鬼，龍鬼和獨角鬼從昌浩身上跳下來。

「可能是我們太吵，牠們睡不著就起來了。」
「不過，讓我們看到了美景呢。」
「很久沒看到了吧？昌浩。」
小妖們笑說因為你一直待在播磨啊。昌浩百感交集，眼神透著些許惆悵，對它們點點頭。
「播磨沒有螢火蟲嗎？」龍鬼問。
昌浩歪著頭思索。
「嗯……應該有吧，不過我沒看過，所以不清楚有沒有。」
不是沒看過，是修行太過嚴酷，根本沒有那種體力和心情去看螢火蟲，但說太多也沒意義，所以他捨棄了這個部分沒說。
小小的白色光點，畫出淡淡的軌跡飛來飛去。
看得正出神時，螢火蟲在不覺中一隻接一隻消失，沒多久就完全恢復了原來的漆黑。
昌浩依依不捨地環視周遭，看到車之輔欲言又止的表情，淡然一笑。
他拍拍車輪，繞到車之輔後面。

看到小妖們搶先跳上車，他無奈地聳聳肩，讓它們先上。

「喂，昌浩，」滾到前方高欄處的獨角鬼，稍微掀起前車簾說：「你多久沒看到貴船的螢火蟲了？」

一腳踩上踏板的昌浩，稍微停下動作，眼皮震顫了一下。

看見螢火蟲是在……

許許多多的光景閃過腦海，種種思緒在心底流竄。

螢火蟲。貴船的螢火蟲——約定的螢火蟲。

「最後一次看到，是十四歲的夏天……」

「是哦，那就是四年了吧？」

聽到小妖這麼說，昌浩動著嘴唇重複「四年」這兩個字。

「已經這麼久了啊……」

他喃喃說完，便使勁地跳上了車。

默默看著這一切的六合，輕輕閉上眼睛便隱形了。

◇　◇　◇

把額頭靠在立起的膝蓋上的十二神將太陰，猛然抬起頭來。

她把視線移向側旁。

為了確認躺在墊褥上的老人及其周遭狀況，她四下張望。

感覺風有些動靜，是自己多心了嗎？

她把依然長短不齊的頭髮，粗暴地從臉頰撥開，仔細端詳晴明的臉。

「現在還是半夜，所以你不用醒來。」

她眨了眨眼睛。

老人文風不動。

她有點擔心，把耳朵輕輕靠在晴明的胸膛。動作很謹慎，以免壓到晴明。

「咦……？」

什麼也聽不見。

心跳在自己胸口怦怦躍動起來。怎麼會這樣？

她差點叫出聲來，推開蓋在晴明身上的大外褂，把耳朵貼到左胸。

自己的脈動聲好吵。心跳太快，聽不見其他聲音。

過了好一會，才從晴明胸口傳來微弱的心跳聲。

「……」

太陰鬆了一口氣。看來，只是剛才沒聽見而已。

她又把大外褂蓋回去，以免晴明受涼。

然後，她又抱著膝蓋，把額頭靠在膝頭上。

閉上眼睛，在心裡呼喚。

晴明、晴明，你什麼時候才要幫我把頭髮恢復原狀呢？

對你來說很簡單吧？你會笑著說不過是舉手之勞，馬上幫我復原。

然後，你會嘆著氣聳聳肩，說改天非罵罵紅蓮不可，因為你知道我很怕騰蛇。

你會說紅蓮啊，你做得有點過火了，不要那樣嚇同袍嘛。

你一定會裝模作樣地板起臉對他這麼說。

你醒來後一定會。

一切都將恢復原狀。

所以、所以、所以。

快醒來啊，晴明。快張開眼睛啊，晴明。快回來啊，晴明。

張開眼睛看我啊。

然後，就像站在尸櫻底下對我微微一笑那樣，看著我笑啊。

「喂，晴明……」

再迎接幾個早晨，你就會醒來呢？

傭人們把參議的別墅打理得井然有序。

他們面對非人類的十二神將，也不會害怕。可能是成親交代過，他們會時時刻刻注意神將們有沒有不方便的地方。

十二神將原本不需要這樣的關懷，但是，在不安與淡淡的恐懼中等待主人醒來的神將們，因此得到很大的幫助。

安倍晴明睡的房間是主屋，位置通風良好，陽光也非常充足。主屋的主人參議，每次來都是住這個房間。

聽說是成親透過參議家的總管，請管理這棟別墅的管家，在晴明留宿的這段期間，把他安排在這個房間。

白天時把板窗打開，傍晚前把板窗關上，是天后和太裳的工作，這樣空氣才不會太沉悶。

太陰總是守在晴明身旁。為了怕灰塵堆積，天后每天都會打掃房間，這時候太陰會默默幫忙，但一打掃完，又會抱著膝蓋坐在墊褥旁。

太裳在別墅周遭和晴明住的房間佈設了結界，隨時監視附近一帶，防止任何事發生。除此之外，天后每天也會巡視周邊。

晴明昏睡不醒快一個多月了，不可思議的是，他幾乎沒有改變。什麼都沒吃，應該會一天比一天憔悴，卻看不到那樣的變化。

身體是有些虛弱，但心跳規律。呼吸雖然微弱，但平穩。看起來真的很像只是在睡覺。

所以天后和太裳都不禁要想：

明天早上，他會不會彷彿沒發生過任何事般，張開眼睛爬起來呢？會不會在天亮前醒來，只在單衣上披件外褂，就走到庭院眺望東方天際，等待天亮呢？

在安倍家，他若在天亮前醒來，都會這麼做。

坐在別墅屋頂上的太裳，張開閉著的眼睛，咳聲嘆氣。

太裳擔心晴明穿那麼少會感冒，布滿皺紋的臉便會笑著說不用擔心啦。那已經是多久以前的事了呢？

應該不是很久以前的事，記憶卻模糊不清了。

回想起來，晴明的聲音也非常遙遠了。還以為很熟悉了，不可能忘記、絕對不會忘記。

太裳搖搖頭。

並不是忘記。若是聽見，應該會知道「啊，就是這個聲音」，只是現在覺得有點遙遠。

於是，他暗自思忖。

當再也聽不到的日子來臨時，是不是會像現在這樣，一點一滴地遠去，哪天完全遠離，最後再也分辨不出來了？

「人類的生命……」

說起來，是很短暫的。

太裳用幾乎聽不見的聲音喃喃說著，檢視屋頂下方與山莊內的狀況。他正待在晴明的房間上方。

太陰沒有任何動靜。晴明若是有變化，她應該會第一個發現。也就是說，今天早上也沒有醒來的徵兆。

「是尸櫻世界還困住了晴明嗎？」

逐漸飄起了早晨的氣息。

有同袍的神氣降落在太裳旁邊，接著天后便現身了。

「怎麼了？天后。」

太裳抬頭看，天后邊坐下來邊回答：

「我想回異界一趟。」

「回異界？」

天后在屋頂坐下來，對眨著眼睛的太裳點點頭，歪著脖子說：

「那之後已經過了一個多月，大家的神氣都復原得比預期遲緩許多，我有點擔心。」

在尸櫻世界被奪去神氣的神將們，分別在異界與安倍家休養，努力復原。這時候差不多該完全康復了，但出乎意料之外，最近幾天才恢復到可以爬起來的程度而已。

昨天晚上經由白虎送來的風，太裳和天后才得知這件事。風只是單向把聲音送

過來，他們這邊沒辦法叫風做什麼。

他們在晴明睡的主屋外設置水鏡，想確認狀況，但應該是待在異界的玄武，一直沒有回應他們的叫喚。

直到剛才他的身影才映在水鏡上。

「玄武說了什麼？」太裳問。

天后眉間蒙上了陰影。

「他說青龍和朱雀大部分時間都還在睡覺。玄武他們雖然沒睡，但覺得身體很重，使不上力。」

被尸櫻吞噬的玄武等三名神將，也被剝奪了相當的神氣。雖然回來了，卻挽不回被剝奪的神氣。

沒想到拖了這麼久都還沒復原。

浴血奮戰而遍體鱗傷，神氣又全部被邪念奪走的青龍和朱雀，情況更嚴重，一直沒有恢復意識，清醒後也花了很長一段時間才能爬起來。

原本以為，只要意識恢復了，就會很快復原。

天后仰望天空。

「太裳，你也察覺了吧？氣的循環停止了。」

緩緩環視山莊周遭樹木的天后，眼神透著嚴肅。

「聽說京城也一樣……大家這麼難復原，會不會跟這件事有關呢？」

神將們都知道，京城皇宮南殿的櫻花樹，之前一直沒開花。氣靜止了，那棵樹差點就死了。

是晴明他們讓氣又重新循環起來，原本氣已枯竭的櫻花樹才開了花。然而，那麼做並沒有解決所有的事。

進入吉野這個地方，神將們就察覺到異狀了。

樹木快枯萎了，圍繞山莊的樹木，氣正逐漸枯竭。完全枯萎的樹不多，但沒長出葉子、沒開花的樹很多。

土將太裳注入神氣，那些樹木就會有點精神，但那只是杯水車薪。

「人界與異界重疊，人界的氣沉滯，異界的氣也會沉滯，我覺得大家復原得那麼慢，是因為這樣。」

所以，她曾想像過晴明等人被拖進去的尸櫻世界。

天后沒有看過那個世界，但聽玄武他們說過。

無邊無際的櫻花森林。變成紫色的花，宛如下不停的雪，絢麗地飄落，無聲無息地堆積，覆蓋了一切。

在那個世界發生了什麼事？最後是怎麼樣的結局？晴明和他的孫子昌浩做了些什麼？

天后和太裳當然都知道。

陰陽師的責任與陰陽師的覺悟，那個昌浩都做到了。天后他們很驚訝，但絕不意外，因為他是安倍晴明的孫子。

晴明的孩子吉平、吉昌，還有孫子成親、昌親，身為陰陽師，都有連家人也不能說的祕密，現在昌浩也有那樣的祕密了，就只是這樣。

不管他們做了什麼，神將們的想法都不會改變，態度也不會改變，只是知道他們做了什麼。

僅僅只是多出了「知道」的事實。

沉默不語的太裳終於開口了：

「聽天空翁說，一直在睡覺的勾陣，醒著的時間稍微變長了。與她相比，騰蛇幾乎是完全復原了。」

「嗯，儘管神氣消耗殆盡，騰蛇的基礎體力還是比較好，所以恢復得快。」

因為有最強與第二強的差距，還有男女性別的差異，神氣的強弱與體力還是不一樣。

以前也有發生過神氣被連根拔起，完全不能動的事，當時勾陣的恢復速度比青龍他們都快。

太裳嘆口氣說：

「騰蛇還好，勾陣最好回異界吧……」

天后沉著臉點點頭。

不只他們，連天空翁都這麼想，向勾陣提出了建言，但她還是留在人界。

她說跟青龍他們在一起，會有窒息的感覺。最近他們才察覺，那只是表面上的藉口，有其他真正的理由。

因為氣沉滯不動。

不只人界，異界的氣也沉滯不動，所以神將們恢復得很慢。

勾陣擁有僅次於騰蛇的強大神氣，為了補足這份枯竭的神氣，她勢必會吸走異界龐大的氣。

停止循環的氣，自然會向神氣容量最大的她集中，因為容量大的人，吸引力也越強。她若待在異界，絕對會阻礙青龍他們的復原。

天后深深嘆息，合抱雙臂說：

「騰蛇既然復原了，可以分點神氣給勾陣啊。就算神氣曾被連根拔起，憑騰蛇的實力也不會有問題吧？」

聽到天后這麼冷漠的話，太裳苦笑著說：

「把神氣分給勾陣，直到她完全復原，就換騰蛇不能動啦。」

天空翁聽完玄武等人回來後的報告，大致掌握了所有經過。

據他說，神氣在尸櫻世界被連根拔起的勾陣會醒來，是因為吸收了騰蛇與青龍交戰時爆發出來的神氣。當時雖然長時間接觸騰蛇的神氣，但要補回被剝奪到垂死地步的神氣，根本不夠用。

太裳好像想到了什麼，眨眨眼睛說：

「天后，妳是打算回異界，把自己的神氣分給大家吧？」

心思被戳破，天后啞口無言，撇開了視線。

太裳的眼神泛起了厲色。

「不可以唷，妳這麼做，只會減少可以動的人。」

「可是，如果青龍和朱雀復原，發生什麼事時，會比我在更讓人放心。」

天后這麼主張，太裳搖搖頭說：

「不，保護不知道何時會醒來的晴明大人，比關心可能會復原的他們更重要。妳仔細想想啊，天后。」

太裳把視線朝向他們坐著的屋頂。天后知道他在看屋頂底下的房間裡的老人，驚慌地屏住了氣息。

「妳如果回到異界，在有誰復原之前，就只剩下我一個人守護這裡。我自知沒用，沒有戰鬥能力，太陰又是那副模樣，不能仰賴她。」

太裳環視周遭。

「在氣循環停止的同時，陰氣的濃度也會慢慢升高。陰氣增強，就會有妖怪被吸引而來。光靠我，可以保護這座山莊，卻沒辦法擊退妖怪。若發生這種狀況，該怎麼辦？」

眼神不是普通嚴厲的太裳氣勢凌人，天后被逼問得垂下了頭。

他說得沒錯。

「太裳……」

「什麼事？」

天后抬起頭，眼神中帶著苦澀，說道：

「我覺得你說得一點都沒錯，但是……」

「怎樣？」

「萬一妖怪真的被陰氣吸引而來，該怎麼辦呢？言靈會帶來現實啊。」

這次換太裳啞口無言了。片刻後，他單手抓著頭髮說：

「聽說氣的循環沉滯，就會引發煩躁、不安……」

他看過人類因為這樣，為芝麻綠豆大的小事起口角、起爭執，沒想到身為神將的自己，也會陷入同樣的狀態。

有多沒自覺，就有多丟臉。

太裳搖頭興嘆，在他旁邊的天后也發出沉重的嘆息。

「早晨……」

太裳望向天后，看著東方天際的天后又低聲接著說：

「早晨會不會早點到來呢……」

3

現在是黎明前最昏暗、最寧靜、黑暗最濃厚的時刻。

只有一隻鞋掉在馬路上。

響起嘎啦嘎啦的輪子聲，一輛牛車緩緩駛過來。

拉著車子的牛旁邊，有個十五、六歲的牧童。牛車左右，各有一名拿著火把的隨從。他們衣著整齊，看起來像是在顯赫人家工作的人。

那輛老舊的牛車，應該是為了隱瞞身分而刻意選擇的。

裡面有人打開車窗出聲詢問：

「天還沒亮吧？」

「是的，應該可以在天亮前回到家。」

「那就好。」

牛車的主人是可以進入清涼殿的貴族。不過，身分也不是特別高。不是姓藤原

的他，被排除在飛黃騰達的行列之外。

儘管如此，還是有不愁吃穿的俸祿，在地方上也擁有莊園。除了正宅外，還有好幾間別宅，也有足夠的財力在別宅養女人。

離開皇宮後，他會想去很久沒去過的女人那裡，是因為今天早上為了雞毛蒜皮小事跟元配吵架，所以不想回去火氣很大的元配所在的家。

除此之外，在宮內也有不開心的事。至於是怎麼樣的事，詳細內容已經不太記得了，總之，就是發生了令人厭惡的事。

黃昏時候，他帶著沉重、焦躁的心情，搭上來接他的牛車，命令隨從前往別宅。

看到久未來訪的他，女人露出驚訝的表情，慌忙整理屋子，請他進來，為他備了簡單的晚餐和酒。

燈臺的火裊裊搖曳，橙色燈光朦朧地照亮房間。男人躺在墊褥上，把早上以後發生的事說給女人聽。

女人默默傾聽，不時點著頭，但沒多久便開始埋怨，說好久沒見到他，不想一直聽那種事。

男人很不高興，但認為她說得沒錯，所以沒再往下說，用力抱住了她。

不覺中，燈臺的油燒完了，火也滅了。
男人爬起來，等女人幫他整理好頭髮、衣服，便說改天再來，離開了別宅。
從車窗往外看的天空，覆蓋著雲層。
很久不曾覺得這麼倦怠的他，呆呆望著天空時，車子突然停下來了。
他問怎麼了，其中一名隨從回答說：
「路上有鞋子……」
「鞋子……？」
男人訝異地掀開前車簾，探出頭看怎麼回事。
隨從們手中的火把照亮了道路。
有一隻鞋掉在通往本宅的道路中央。
「大人，要怎麼做呢？」
為了謹慎起見向主人請示的隨從，臉上浮現看到不祥物的表情。
男人思考了一會，回答他說：
「把那隻鞋拿過來。」
「什麼……？」

隨從不由得反問，男人又重複說了一次。

「把鞋拿過來，掉在那種地方太稀奇了。」

明天進了皇宮可以當成話題。不，乾脆以撞見一隻鞋為由，請凶日假吧。

長日以來都是陰天，沒有放晴。在天氣好轉前，就躲在家裡，好好休養身心吧。

隨從們相對而視，用眼神爭論該由誰去撿鞋。片刻後，年紀比較輕的隨從，很不情願地走過去。

男人望著走向鞋子的隨從的背影，彷彿聽見微弱的嗡嗡聲，便看看四周。

很像是飛蟲的拍翅聲。低沉、刺耳，聽起來很不舒服。

「有蟲子，快趕走。」

隨從和牧童四處張望，都沒看見蟲子之類的東西，但又怕惹主人不高興，就在什麼都沒有的地方做出揮趕的動作。

這麼做的他們，耳朵也開始響起低沉的拍翅聲。原本微弱的聲音，漸漸大了起來。

「在哪啊……」

喃喃嘀咕的隨從，發現單腳跪在鞋子附近的同僚，就那樣定住不動了。

保持一隻手拿著火把、一隻手伸向鞋子的姿勢，文風不動。

覺得不對勁的隨從，慢慢走過去。

「喂，怎麼了？」

他邊叫喚邊把手輕輕搭在同僚的肩膀上。

突然，響起暗沉的拍翅聲，同時，黑色飛蟲哄然飛散。

火把從跪在地上的同僚手中滑落，凍結般的身體緩緩向旁邊傾倒。

滾動的火把卡啦卡啦作響，火光照出了同僚倒在地上的身影。

隨從看到他的樣子，嚇得倒抽了一口氣。

同僚的臉像被蟲咬過的葉菜，到處都是洞，露出血跡斑斑的骨頭。

驚愕地看著同僚的隨從，耳朵鑽入了微弱的聲響。

嗡……剛才飛散的像是沉重的鳴響又像是嘶吼的聲響，如退去的浪潮再次席捲而來，又回來了。

也像粉塵般的飛蟲，宛如冒起的濃濃黑煙，向這裡逼近。

隨從還來不及大叫，就被拍翅聲與黑煙吞沒了。

火把的火瞬間熄滅。

突然陷入黑暗中，男人嚇了一大跳。

「怎麼了？快點火……」

沉重的拍翅聲吞沒了男人的聲音。

慘叫般的牛叫聲、引發恐慌的牧童的短短叫聲，都被沉重的拍翅聲掩沒了。

「什麼……」

男人的聲音被拍翅聲吞沒，黑煙覆蓋了整片視野。

低沉的拍翅聲擴散，黑煙向某處散去。

最後只剩下火已經熄滅的兩支火把滾落地面。

火把之外的牛、隨從、牧童、牛車、身為主人的男人。

以及，僅有的一隻鞋子。

全都消失得無影無蹤。

◇　◇　◇

「這件事最近在皇宮傳得沸沸揚揚。」

藤原伊周稍作停頓，眉開眼笑地說：

「哎呀，說這種事會不會嚇到公主呢？真是對不起啊。」

他做出道歉的樣子，但顯然是以此為樂。

默默端坐在一旁的命婦，稍微挑起眉毛，開口說：

「伊周大人，請不要說會讓公主殿下害怕的事。」

聽到那麼嚴厲的聲音，伊周慌忙為自己辯解。

「不，我絕對沒有那種意思，命婦，我只是……」

他有些支支吾吾，微微苦笑地瞥了脩子一眼。

「我只是想起皇后小的時候，老愛叫侍女、管家說鬼故事給她聽，可是，每次聽到最後，她都會嚇得大哭起來，所以，我不由得……」

伊周搖搖頭又說：

「可是，公主殿下會把嘴巴緊閉成一條線，絕不露出害怕的神色，跟皇后殿下完全不一樣，多麼堅強啊……」

看伊周佩服地頻頻點頭，脩子在心中暗自嘀咕：

因為比這種不知是真是假的傳聞更可怕的事，我經歷過很多次啦。

「那隻鞋到底是怎麼回事呢？」

脩子微歪著頭思索，伊周嗯嗯低吟，合抱雙臂說：

「這個嘛……連鞋子掉在路上這件事，都不知道是真是假。」

命婦瞪著他看，他趕緊縮起脖子說：

「因為看到一隻鞋子的人，都被黑煙吞沒，突然消失了。」

脩子搞不懂他到底要說什麼，手指按著嘴巴，沉思起來。

這時候，坐在命婦旁邊的侍女，畏畏縮縮地開口說：

「請恕我冒昧……」

伊周把視線轉向那個侍女。

侍女先看命婦的臉色，命婦點頭示意她可以說，她才說：

「撞見一隻鞋子的人，都消失不見了，所以，應該沒有人知道鞋子掉在路上這件事吧？」

聽完侍女說的話，脩子張大眼睛，拍手說：

「對啊，看到的人都不見了，會有這樣的傳聞太奇怪了。」

侍女抿嘴一笑。

伊周也滿意地瞇起眼睛說：

「沒錯，這位侍女居然會想到呢，妳的名字是……」
侍女回答正在記憶中搜索的伊周：
「我叫菖蒲。」
「是嗎？菖蒲，有妳這麼聰明的人，還有值得依靠的命婦在，這個宅院就平安無事啦。」
菖蒲靦腆地低下頭說：
「大帥，您這麼說，我擔當不起……」
伊周笑著說不用這麼謙虛，菖蒲不好意思地伏地跪拜，命婦瞪著他們兩人看。
脩子的視線依序掃過他們，然後往上移動。
坐在橫梁、椽子上的小妖們，視線與脩子的視線交會。
看到小妖們笑得天真無邪，啪答啪答對她揮著手，脩子的嘴巴差點笑開來，但她急忙收斂表情，轉向命婦說：
「是不是快到未時了？」
命婦的眼睛亮了起來，點點頭說：
「是的，伊周大人，不好意思，公主殿下有事……」

「不、是我不好意思，把時間都用來說流言了，請公主殿下見諒。」

脩子微微一笑，對伏地跪拜的伊周搖搖頭。命婦替她開口說：

「請隨時來玩，公主殿下會很開心。」

梁上的小妖們相對而視。

「公主有那麼開心嗎？」

「不是公主開心，是命婦開心吧？」

「一定是她自己開心，以為公主也會開心。」

「啊，原來如此。」

小妖們彼此嗯嗯點著頭。

脩子聽得見它們說話，用力撐住臉，以免表情出現變化。不這麼做，她怕自己會笑出來。

「對了，命婦，有件事我必須跟妳說……」

「跟我說？」

命婦交互看著脩子與伊周。脩子站起來說：

「沒關係，命婦、菖蒲，妳們跟伊周大人聊聊吧。伊周大人，希望下次可以聽

你說好玩的事。」

在所有人鞠躬行禮時，脩子走出了寢殿，但沒回自己房間，而是走向侍女住的房間。

從橫梁跳下來的小妖們跟在她後面。

「妳可以溜出來，真是太好了，公主。」

「會特地來說那麼可怕的事的大人，絕不是什麼好東西。」

「最好不要跟妖魔鬼怪之類的事扯上關係。」

聽到追上來的小妖們說的話，脩子眨了一下眼睛。

「是啊……」

小妖們不也是妖魔鬼怪嗎？這個念頭瞬間閃過腦海，但她決定不要去想那種細節。它們說得沒錯，沒必要就別靠近妖魔鬼怪之類的東西。

除了一小部分的例外。

「對了，公主，未時有什麼事呢？」獨角鬼問。

脩子抱起它說：

「我要寫信給我父親。申時會有使者送去寢宮，所以要在那之前寫完。」

聽說身為皇上的父親，時而清醒時而昏睡，脩子很想去探望他，但又怕那麼做會讓父親耗費精神，所以改成每隔幾天寫一封信給他。

皇上的回信雖然簡短，但能收到他的親筆回信，脩子很開心也很珍惜。

然而，父親只有在有體力的時候會回信。偶爾，會收到誰幫他代筆的回函。脩子知道，他一定是連筆都拿不動了。

代筆的文章，墨比較濃，筆跡也不一樣，一看就知道。

即使找人代筆，父親也一定會回信。她開心是開心，但——

「……」

獨角鬼覺得脩子抱住自己的手，好像有點太用力了。

「公主，怎麼了？」

脩子眨眨眼睛說：

「對不起，抱太緊了嗎？」

她一鬆手，獨角鬼便從她的手臂爬到了她的肩上。

「沒關係，妳好像……這邊都皺起來了呢。」

小妖指著她的眉間說。

她不由得把手伸到那邊，把嘴巴撇成了ㄟ字形。

「我並不是討厭她……」

「嗯？」

猿鬼和龍鬼疑惑地歪著頭，脩子不管它們，自顧自地往下說。

「她用優美、流暢、可以看出人品的筆跡，寫下了父親說的話。那些字好柔和，讓人看得出神……」

雖然跟母親的筆跡不一樣，但別有一番風味。足以證明，她是受過最高等的教育，集知性與教養於一身的女性。

「敦康和媄子由那樣的筆跡的人撫養長大，我就不必擔心了。我如果進宮，她也一定會全心全意待我……」

在陰陽寮舉辦猜謎比賽時，很久沒回皇宮的脩子，見到了長大的弟弟、妹妹，還有撫養他們長大的中宮彰子。

脩子覺得她很漂亮，也長得跟母親非常神似。

當然神似，因為定子與彰子是堂姊妹。

彰子跟媄子也很像，兩人站在一起，看起來很自然。

「我並不討厭她。她支撐著父親，也很疼愛敦康他們。」

即便如此，看到貌似母親的女性陪在父親身旁，心情還是會有點亂。

脩子還沒長大，沒辦法說服自己這是沒辦法的事。

大概猜出怎麼回事的獨角鬼，把手伸向咳聲嘆氣的她，撫摸她的頭，像是在對她說沒事、沒事。

「公主還沒長大，就必須像個大人，有點辛苦呢。」

脩子嘟起嘴說：

「我才不辛苦呢。我煩惱的不是那種事，我只是怕……漸漸想不起母親的臉了。」

每過一個晚上、每迎接一個早晨，曾經那麼喜歡、以為不忘記、以為不可能忘得了的臉龐，就一點一點地失去輪廓，越來越遙遠了。

連自己都不記得了，還沒記憶就失去母親的敦康、一出生就與母親死別的媄子，更不可能記得母親的臉。那個美麗的身影，一定取代母親，在他們心中扎根了。

「至少我要記得母親，要不然她會很傷心……」

脩子喃喃低語，垂下了頭。小妖們不知道該對她說什麼，驚慌失措地相對而視。

「父親說，他跟母親會在夢裡相見。每天晚上，母親都會來他夢裡，所以最近

他很期待睡著。」

是父親筆跡的回函裡，寫了這件事。

脩子在夢裡也見不到定子，父親卻每晚都見得到，她好生羨慕。可是，想到父親可以因此好起來，她願意忍耐。

這時候，風音從房間出來，走向他們。

「公主，妳怎麼在這裡呢？」

看到張大眼睛的風音，脩子鬆口氣，笑著說：

「妳可以下床了啊？風音。」

說完，她啊地叫了一聲，趕緊摀住嘴巴。

風音這個名字是祕密。但不管她怎麼留意，一不小心還是會脫口而出。

為什麼會這樣呢？脩子滿臉尷尬，風音對著她苦笑起來。

「可能是我心中想著雲居這個名字是假名，所以，妳感覺到了，因為妳非常敏感。」風音更加深了笑容說：「而且，也不用太在意吧？反正這個宅院裡的人，都不太注意我的存在。」

其實，這是因為她開始施加了小小的法術，只是脩子沒有察覺。

還沒決定什麼時候，但風音遲早會離開這裡。到時候，她希望可以盡可能抹消自己的痕跡。現在，她已經做好了準備，要讓所有人對她的記憶都隨著時間逐漸模糊淡去。

當京城的樹木不再枯萎、當她認為脩子可以獨立時，她就會從這裡消失。

但那會是什麼時候呢？

風音是神的女兒，人類的生命比她短很多。儘管外表一樣，風音的基本部分還是跟人類不一樣。

脩子看著在笑容深處沉思的風音，表情突然嚴肅起來。

「妳還不可以走哦……」

風音大吃一驚，屏住了氣息。自己並沒有說出口，難道被她看破了？

「在妳還是這種表情時，我不會去任何地方。」

心情複雜的脩子，對帶著笑容但面有難色的風音點點頭。有風音在，她就有安全感，但她也會想，一直依賴風音，萬一自己再也無法獨立就糟了。

在變得有些沉重的空氣中，龍鬼開口說：

「喂，妳不是要寫信嗎？」

「是啊……糟糕，藤花在等我呢。」
她交代藤花，在伊周離開前，待在房間裡不要出來。然後，說好她會去藤花房間寫信，再把信交給申時來的使者。
「再不趕快寫，使者就要來了。」
為了不讓使者等太久，才特地約好了時間。
猿鬼和龍鬼跳到匆匆走向藤花房間的脩子背上，扭過頭說：
「公主在寫信的時候，要不要我們去聽伊周在說什麼？」
「也好，就拜託你們了。」
「好。」
「那麼，風音，公主交給妳了。」
三隻小妖交代後，跳下來，跑回了寢殿。
目送小妖們離去的風音，低聲咕噥：
「我知道它們很關心公主，可是……」
為什麼自己要聽它們的命令呢？自己是天津神的女兒，而它們只是住在京城的小妖啊。

有種奇妙的感覺卡在風音心裡。

「是我心胸太狹窄嗎？」

因為被小妖們視為同等級，搞不好是更低等級，所以不爽嗎？可是，風音非常清楚自己的性格，真的不爽的話，早就不容分說地把它們殲滅了。

與其說是不爽，還不如說是無法釋懷。

但是，也絕不會因此厭惡它們。不知不覺中，它們在這裡已成了理所當然的存在。

風音仰望吉野的方向，陷入了沉思。

那個安倍晴明，會放任它們為所欲為，恐怕就是因為這樣吧。

聽說他還沒有清醒的跡象。

神將們大半都耗盡了體力，恢復得非常緩慢，僅剩的最後一名戰將六合，跟在昌浩身旁。但確定昌浩平安回到家，他就會來竹三条宮，確定這裡沒事，再回到安倍家。

她望著南方天際，數著日子。

晴明和昌浩從尸櫻的世界回來，各自去了該去的地方安頓下來，到現在已經一個月了。

而風音可以下床，是在半個月前，也就是陰曆三月底的時候。
那個時候，明明已經祓除的樹木枯萎現象，又再擴散了。
現在是陰曆四月中旬，快邁入下旬了。
直到最近，風音才有體力趁晚上溜出宅院，在京城四處巡視。
她臥床休養時，都是昌浩一個人在處理。
六合說，因為不知道循環停止的根本原因，所以他只能走到哪裡，就淨化哪裡的污穢，促進沉滯的氣的循環。
據他說，不僅人類世界，連異界的氣都沉滯了。
「……」
風音的眼神泛起厲色。既然發生在兩個世界，可見原因在另一個地方。
在尸櫻的世界，最後一個人藉由陰陽師之手，贖了罪。
但是，不獻上活祭品獻祭，尸櫻就會充滿污穢。現在，沒有人祭祀，也沒有活祭品，污穢到不能再污穢的尸櫻，沒多久就會被污穢吞噬而枯萎。
吸滿污穢的尸櫻枯萎後，這個世界會怎麼樣呢？
「櫻花樹現在怎麼樣了呢？」

風音不能去尸櫻的世界，因為那裡沒有人召喚她。

櫻花世界令她無比牽掛。

其實，在她無法下床，昏昏沉沉的時候，夢見過好幾次。

安倍晴明倚靠在那棵紫色櫻花樹下面，看著飛舞飄散的花。

狂風大作。紫色花瓣如雪片般亂舞，風音怎麼樣都無法靠近晴明。

老人在那棵絢爛的櫻花樹底下做什麼呢？顏色越來越濃、濃到幾乎接近黑色的花瓣，被捲入風中碎裂。老人看著那樣的光景，什麼也不做，到底是怎麼回事呢？

……吥鏘……

突然響起水聲。

在夢的記憶中搜尋的風音，驚愕地環視周遭。

到處都沒看到那個妖怪的身影。但她敏銳地察覺，有隨著水聲浮現的些微妖氣，摻雜在風裡。

就在這時候，有個黑影躍入了防備中的風音的視野。

『公主——！』

風音轉向充滿歡喜的叫聲，看到陰沉沉的天空，出現一個黑點。那個黑點漸漸擴大，變成烏鴉的身影。

風音苦笑起來。

「嵬，回來了啊？」

以驚人的速度直直飛過來的烏鴉，降落在高欄上，張開了雙翼。

『我回來了，公主！您的身體好了嗎？太好了！但是，不可以太勞累哦。走，快去休息。』

「我沒事啦，對了……」

風音抱起烏鴉，露出深思的眼神。

「快告訴我母親說了什麼。」

『是！』

停在她手上的烏鴉，行了個禮。

離開幾天回來的嵬，是奉風音之命，去了一趟道反聖域。

風音猜想，關於尸櫻的世界，母親可能會知道什麼。

為了不讓那棵尸櫻枯萎，需要活祭品。為什麼必須做到這樣，來保護尸櫻？

污穢到了極限，櫻花樹枯萎，邪念不就會從那裡撤離嗎？尸櫻會招來死亡。被招來的死亡，會在這裡聚集。櫻花樹消失了，遺恨沒有容身之處，不就會散去嗎？

沒錯，在尸櫻的世界，男孩不斷獻上活祭品，一直在防止櫻花樹枯萎。防止招來遺恨的櫻花樹枯萎；防止招來死亡的櫻花樹枯萎；防止想得到少女的櫻花樹枯萎。

這麼做，究竟是為了什麼？

4

看到應該已經離開陰陽寮的安倍昌浩，藤原敏次露出驚訝的表情。

「昌浩大人，你怎麼了？」

今天，昌浩說有事要辦，比平常早一點離開了陰陽寮。

剛才，響起了報時的鐘聲。那的確是通報酉時的聲音。

「啊，敏次大人。」

昌浩看見他，跑過來。

「剛才沒有好好問候你，失禮了。」

「沒關係，你……」

敏次忽然背過臉去，用手摀住嘴巴，開始強烈地咳嗽。他把身體彎成く字形，不停地劇烈咳嗽，臉部都扭曲變形了。

「敏次大人，你最好去那邊坐。」

昌浩建議敏次去坐在通往外廊的階梯上，但敏次輕搖著頭拒絕了。他舉起一隻

手示意自己沒事，蒼白著臉繼續咳嗽。

沒多久，因為缺氧，有點搖晃地抬起頭。

他擦去額頭上冒出來的冷汗，臉色蒼白地喘口氣。

「對不起，咳嗽怎麼樣都好不了。」

「去看過藥師了吧？」

「看過了，可是藥師也說找不出原因。」

拿了幾帖止咳的藥，可是吃了也不覺得有什麼用。每天只能多加注意，盡量不要讓咳嗽發作。

敏次用左手按住背部右側的肩頸處，皺起了眉頭。

「那裡痛嗎？」

昌浩問，敏次嘆著氣點點頭。

「咳太久就會痛，真是的……」

擔心的昌浩皺起眉頭說：

「你最好暫時向陰陽寮請假吧？把身體狀況完全調好再來，要不然很可能影響學業、職務。」

事實上，在陰陽博士成親的課堂上，敏次也有好幾次咳到不能呼吸。看到敏次咳到臉色發白，身體彎曲，成親好幾次催他趕快回家。但敏次總是說咳完就沒事了，不用替他擔心，堅持待到下課時間。

「沒想到會輪到我被昌浩大人這麼說……」

看到敏次鬱悶的樣子，昌浩把嘴巴撇成了ㄟ字形。

以前還是孩子的時候，因為很多原因經常請假。昌浩聽得出來，敏次是暗指那時候的事。

「託你的福，在播磨修行的日子，讓我變得強壯了……啊，現在不是聊那種事的時候，我先告辭了。」

「你要去哪？」

敏次發現匆匆轉身的昌浩，是轉向了寢宮的方向，詫異地問他。

昌浩停下腳步，只把頭轉向了敏次。仔細一看，昌浩兩手端著一個扁平的布包。

「我要幫公主殿下送信給皇上。」

「哦。」

敏次點頭表示了解，昌浩向他行個禮就跑了。

目送他背影離去的敏次，重重地嘆了一口氣。

確定旁邊都沒有人，他便躲進了隱蔽處。吸口氣，喉嚨便響起討厭的咻咻聲，他用雙手摀住嘴巴，開始劇烈地咳嗽。

他總是裝出沒事的樣子，其實一直強忍著猶如從體內深處噴出來的咳嗽。

每次咳嗽都會覺得身體逐漸冰冷。

他知道陰陽寮的同僚們，還有身為上司的成親和吉昌都很擔心他。前幾天成親還建議他，要不要在家休養，直到找出身體不適的原因，加以改善。但他認為不能為小小的咳嗽，給寮官們添麻煩，所以堅持不肯。

好不容易熬過持續一陣子的咳嗽，等發作般的症狀緩解時，敏次已經全身癱軟了。

他不禁驚嘆，原來光是咳嗽都可以耗費這麼大的體力。睡著時好像也會咳，母親因此非常擔心。

「唔……」

咳嗽停止了，就換肩頸處疼痛。他用左手按摩那裡，等待疼痛的波浪退去。

他並不是經常咳，肩頸處也不是經常痛。都沒事時，還是非常健康，所以更令他焦躁不安。

他心想應該沒事了，便從隱蔽處走出來，踏上歸途。
邊走邊想起往寢宮跑的背影。
長得比自己高的後輩，儘管體型變得像大人了，一些小動作和表情卻還是沒有改變。要說風格，這就他的風格。
聽到他應內親王脩子的強烈要求，成為竹三条宮的御用陰陽師，敏次既驚訝又懊惱。但是，他確實在播磨的修行中，培養出了那樣的實力。
相對於自己，雖然付出所有努力，得到了陰陽得業生的地位，卻還沒達到自己理想中的境界。
「晴明大人什麼時候會回京城呢……」
敏次望著南方天際喃喃低語。不只京城居民，連陰陽寮的寮官，都把安倍晴明當成了最後的希望。
「說不定晴明大人一眼就能看出這個咳嗽的原因了，然後，他一定會鐵口直斷說要這樣、那樣治療。」
自言自語的敏次，自己嗯嗯點著頭。
昌浩要是聽到他這麼說，肯定會反駁他說：「你對我爺爺太過期待了。」雖然

他看不見，但神將若聽見他這麼說，肯定也會是同樣的反應。

然而，對敏次和陰陽寮所有人來說，晴明就是這麼萬能、這麼令人憧憬的對象。

「等他回來，可以請他退居家中，好好地監督我們。」

附帶一提，「請他退居家中」這句話，是成親說的。

正走向皇宮大門，要離開皇宮的敏次，中途被人叫住了。

「敏次大人，你聽說了嗎？」

「啊？」

叫住敏次的人，是比敏次大十歲左右，與敏次熟識的官僚。他在中務省工作，知道很多殿上人的事。

「一隻鞋那件事。」

聽到這句話，敏次就覺得背脊一陣寒慄，表情下意識地緊繃起來。

他神情凝重地點個頭，中務省的省官就壓低嗓門說：

「前天傳說下落不明的殿上人，昨晚回到家了。」

這半個月來，走夜路時看到一隻鞋的人都下落不明這件事，在皇宮裡甚囂塵上。

可是，調查有哪些人不見了，卻一個都沒有。

當然是這樣，因為過幾天後，消失不見的人就會回到家裡。但都會說身體不舒服，臥病在床，暫時不能入宮工作。

似乎要花些時間才能好起來，所以有人五天、一週，甚或十天以上都不見人影。

看到一隻鞋的人都會消失的傳聞，就是這樣來的。

「那太好了。」

敏次點點頭，省官也邊點頭回應，邊推翻他的話，說：

「好是好，可是，好像說了令人疑惑的話。」

「什麼令人疑惑的話？」

「說出現了來歷不明的怪東西。」

那是一隻鞋之外的怪東西。

走夜路時，覺得氣氛不對，好像有東西在那裡，但舉起火把一看，什麼也沒有。

連日來都是陰天，沒有星星也沒有月亮，只能仰賴火把的亮光。火焰可以照亮的範圍不大，所以，可能只是「有東西但看不見」而已。

「京城的空氣一直很沉重，殿上人都說會不會是因為這樣，招來了什麼……」

「是嗎……」

省官對一臉嚴肅的敏次點點頭說：

「近日內，說不定陰陽寮會收到降伏妖怪的聖旨。」

「那麼，皇上也聽說了？」

省官用眼神回應，敏次繃起了神經。

聽說皇上長期龍體欠安，心靈也很脆弱。但即便臥病在床，還是會聽到傳聞吧？若查明真相，知道與笑話般的「一隻鞋事件」不一樣，真的有妖怪出現，就要趕快處理，不然，等有人受害就來不及了。

「在朝議①時，有人提議安排衛士②、檢非違使③和陰陽寮的人巡視京城。」

「知道了，我會做好心理準備。」

「拜託你了。」然後，省官露出擔心的神色說：「身體怎麼樣了？聽說你咳得非常嚴重。」

他跟陰陽寮的安倍成親也很熟，成親曾經對他發牢騷說，勉強敏次休假好像也有點霸道，不知道該怎麼辦。

敏次臉上帶著苦笑說：

「大家都很擔心我，令我惶恐不安。不過，我還撐得住，所以請大家放心。我

一直都是這麼說，但大家還是……」

「因為大家都很擔心你啊，敏次大人，你還是聽大家的話吧。」

敏次面露難色，想到一個妥協的方案。

「那麼……」敏次豎起左手的食指，鄭重宣布：「等一隻鞋的傳聞平息、把妖怪殲滅後，我就聽從大家的建議，在家休養。」

省官半無奈地笑了起來。

「唉，就這麼辦吧。」然後，省官望向陰陽寮說：「安倍大人也真辛苦，還要擔心大人的事。」

敏次繃緊了臉。

省官揮揮一隻手走了。敏次行禮目送他離去，重重地嘆了一口氣。

聽說成親的夫人懷了第四個孩子，但身體狀況一直不好，一天比一天瘦弱。

成親自己什麼都沒說，所以寮官們在他面前絕口不提這件事。但是，從成親的神情，可以知道不知從哪傳出來的消息恐怕是事實。

然而，即便如此，他也不曾拿誰來出氣，這樣的他更令人心痛。但成親本人不說，大家也不好提，所以陰陽寮最近都飄盪著過度緊繃的氛圍。

昌浩當然也知道這件事，但在成親面前絕不會表現出他知道的樣子。見到相同血脈的弟弟，成親的心情似乎會好一點，表情也會變得比較柔和。

兄弟真令人羨慕啊，敏次由衷地這麼想。

要跨出步伐的敏次，覺得胸口一陣疼痛，臉部扭曲起來。他用手按住胸口，盡量小心地呼吸。

鑽刺般的疼痛，在幾次深而細長的呼吸後，漸漸緩和了。

「呼……」

確定疼痛消失後，敏次鬆了一口氣。他的臉色蒼白得嚇人。

但是，沒有人經過，所以敏次也沒察覺自己的臉色，就那樣走出了皇宮。

◇　◇　◇

「宴會？」

坐著的小怪叫出聲來。

剛回到家的昌浩，邊把直衣換成狩衣，邊說著今天發生了這件事、那件事。

他把手伸向烏紗帽，原本想摘掉，後來想想又算了，放下了手。小怪疑惑地歪起頭，對這樣的昌浩說：

「在哪辦？」

「在竹三条宮，說是會從某個地方抓來螢火蟲。」

「抓來？」

「對，大帥會去抓。」

「為什麼會想這麼做？」

「想給她看吧？」

「給誰看？」

昌浩轉向眼睛逐漸半瞇起來的小怪，拱起肩說：

「公主殿下吧？」

「那又為什麼要選擇螢火蟲？」

「你問我我也不知道啊……」

昌浩把視線轉向天花板的橫梁。

◇ ◇ ◇

他奉命去竹三条宮收脩子的信，是在快申時前。

脩子說還沒寫完，叫他再等一下，他爽快地答應了。

陰陽寮的工作，他都快速完成了，所以現在沒有其他事。

他坐在脩子寫信的房間的外廊，望向庭院，看到四處翻滾嬉戲的小妖們。它們向他啪答啪答揮手，但沒跑過來，又繼續玩它們的遊戲。

可能是怕會吵到脩子吧，因為它們真的很聒噪。

種在庭院裡的樹木，都不太有精神。他每次看到，就會唸修祓的神咒，可是數目太多，唸也唸不完。

不剷除根本原因，就沒有意義。

正思考該怎麼做才好時，背後傳來悅耳的聲音。

「快好了。」

他扭頭往後看，藤花就坐在竹簾前。

「嗯，沒關係。」

藤花前面，是面向桌子認真揮筆的脩子。

她的筆跡還很稚嫩，但有著不拘形式的豪邁與力道，同時又有宛如流水般的美麗。脩子的性情都反映在筆跡上了吧？宛如流水般的美麗，暗示著在她成長時一定會是那樣的容貌。

第一次見到她時，她真的還很小呢。

昌浩懷念地看著她時，侍女菖蒲走過來了。

她說命婦請他過去，有事要跟他談。

訝異的昌浩先跟藤花說一聲，便走向了寢殿，看到命婦端坐在廂房內。

昌浩在隔著廂房與竹簾的外廊坐下來，行了個禮。

「請問有什麼事要跟我談呢？」

「安倍大人。」

命婦的聲音洪亮如常，昌浩暗想而且很有魄力呢。

「是。」

「你會用召喚蟲子的法術嗎？」

正在行禮的昌浩，眨了眨眼睛。

「啊——？」

還沒得到允許，昌浩就擅自抬起了頭。

坐在竹簾前的命婦，表情非常認真。

「咦，蟲子？呃，對不起，這是什麼意思……」

昌浩真的被出乎意料之外的話，攪得一團混亂。

沒想到命婦會說出這樣的話。

命婦面有難色地說：

「是這樣的，剛才回去的伊周大人……」

總而言之，事情就是這樣。

伊周小的時候，有個為父親道隆工作的男人。這個人去了阿波國當首長，最近回到了京城。

他也跟定子很熟，定子入宮時，他送了很多賀禮。

發生種種事，伊周失勢後，受過道隆恩惠的他，還是維持一貫的態度，都沒有變。這次回京城，也馬上去拜訪了伊周。這個男人說，有東西要獻給定子留下來的孩子脩子。那是他從四國帶回來的東西，若定子還活著，原本是要獻給她的。

伊周想為這個男人，在竹三条宮舉辦宴會。他對命婦說，想在音樂聲中聊聊以前的回憶。

命婦說不一定要在竹三条宮辦，委婉地拒絕了，但伊周說：

那個人前往阿波赴任時，皇后殿下正好跟現在的公主殿下同年，如果能謁見公主殿下，他一定會很懷念、很開心吧。

然後，伊周還接著說：

——月亮、星星都被烏雲遮蔽很久了。為了撫慰心靈，我想在這裡的庭院放螢火蟲，邊聽音樂邊欣賞螢火蟲的光芒。

昌浩完全了解怎麼回事了。

「原來如此，所以……」

所以需要召喚蟲子的法術？

命婦嘆口氣說：

「伊周大人說要去賀茂川抓螢火蟲回來，可是我想萬一抓不到，就請安倍大人用法術把蟲子叫來。」

「哦……」

昌浩邊敷衍地回應，邊認真地思考起來。

蟲子的法術，應該是有吧。

好像在哪見過，一定有吧？沒記錯的話。

但是，到目前為止還沒試過。因為迄今還沒遇過需要使用那種法術的狀況。

再者，嚴格來說，蟲子的法術應該是使喚蟲子的法術，而不是召喚蟲子的法術。

啊，不過，使喚前也要先召喚出來吧？既然這樣，就能辦到。啊，不對，這種場合召來的蟲，算是蟲嗎？

法術使喚的不是蟲，而是虫吧？虫與蟲不同。虫跟一般隨處可見的蟲子不一樣，性質與幽靈、妖怪相同，是屬於妖魔鬼怪。或許可以召來長得像螢火蟲的虫，但命婦和伊周會接受嗎？更重要的是，看著虫會覺得美嗎？

很難吧？

不說就沒關係吧？不知道的話，看起來就像一般的螢火蟲。

咦，可是，等等，根本問題是，除非有靈視能力，否則不用想也知道，一般人看不見虫吧？

那麼，召來了也沒用。

嗯——嗯——怎麼辦呢？

看到昌浩面有難色地思考的模樣，命婦似乎想通了什麼。

「做不到也沒關係，我可以命令家裡的雜役，去哪裡……對了，去抓貴船的螢火蟲。」

「咦……」

出乎意料的昌浩，把眼睛朝向命婦，看到闔上扇子的她，合抱雙臂，不知道為什麼猛點著頭。

「貴船的螢火蟲很有名，比賀茂川的螢火蟲更美吧？我要跟伊周說，叫他直接去貴船抓。」命婦對自己想到的點子非常滿意。「貴船是螢火蟲的名勝地，想必……」

昌浩不由得打斷了還要繼續往下說的命婦。

「有、有召喚蟲子的法術。」

命婦眨了眨眼睛，昌浩拚命接著說：

「這種法術可以召來比賀茂川、比貴船都漂亮的螢火蟲。有這種法術。只要把祖父的藏書拿來看，就可以把超越命婦期望的螢火蟲召來這裡，一定可以！」

命婦被昌浩一長串的話嚇到，啞然失言，但很快便調整呼吸，露出了微笑。

「那麼，我就期待你的螢火蟲了。」

「是！」

向緩緩點著頭的命婦伏地跪拜的昌浩，盯著外廊的木板接縫，猛眨眼睛。

召喚蟲子的法術，可以把比賀茂川、比貴船更漂亮的螢火蟲召來這裡。

然後，螢火蟲會在宴會裡優雅地飛來飛去，讓大家開心地欣賞。

很抱歉，沒聽過這樣的法術。

小怪的陰陽講座

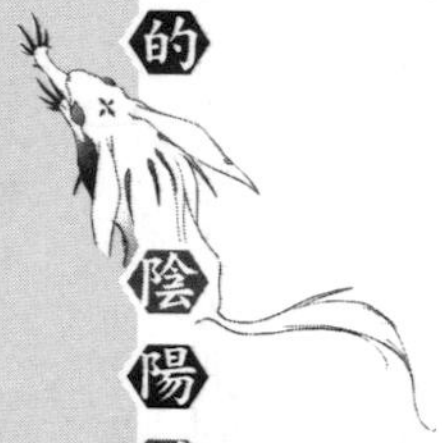

①朝廷上的商議。

②宮中警衛。

③在京城負責取締犯罪、風化業等警察業務的法規外官員。

5

◇　◇　◇

昌浩滔滔不絕地說完後，臉上逐漸被乾笑占滿。

坐著的小怪，啪唏甩了一下長尾巴。

「然後呢？」

宛如摘自夕陽的紅色眼眸閃閃發亮。

眼神帶點茫然的昌浩說：

「小怪，你知道召喚蟲子的法術嗎？」

小怪半瞇起眼睛，搖著頭說：

「不知道。」

「我想也是啊啊啊啊。」

沮喪地垂下頭的昌浩，想抱住頭，但被烏紗帽擋住，氣得大叫：

「哼，麻煩的東西！」
他焦躁地摘下烏紗帽，順便解開髮髻，用手梳了幾下頭髮。
看到昌浩在頭上抓來抓去，小怪嘆著氣站起來，把放在書桌上的繩子拿給他。
昌浩邊埋怨邊把頭髮稍微抓整齊，紮在脖子後面。
「怎麼會想到要辦螢火蟲之宴嘛。」
在竹三条宮不能盡情吼叫的昌浩，在自己房間吼了出來。
小怪抓抓耳朵一帶，瞇起眼睛說：
「哎呀，現在是夏天啊。論季節，的確符合。而且，要說品味，也的確不錯。」
「這點我也承認。現在的確是夏天，前幾天在貴船看到的螢火蟲，也真的很美。」
「哦、哦，這樣啊。」
昌浩揚起一邊眉毛說：
「啊，對了，小怪在睡覺沒去。」
「的確是那樣，可是，我對你這種說法不太能釋懷呢，喂。」
那天，它原本一直在等昌浩回來，可是，醒來時已經快天亮了。它慌忙環視室內，看到昌浩已經躺在墊褥上，發出規律的鼾聲了。

沒察覺自己睡著，也沒察覺昌浩回來，對小怪造成了小小的打擊。對周遭的動靜沒反應到這種程度，它實在無法接受。

醒著時，幾乎完全正常了，但還沒復原到連睡著時也能察覺動靜。

小怪板著臉搖晃耳朵，往晴明的房間瞄了一眼。

今天昌浩回來前，它在晴明的房間昏昏沉沉地打盹。十二神將勾陣也完全睡到不省人事，現在可能也還閉著眼睛動也不動。

小怪從天空翁那邊聽說了異界的狀況。玄武和天一就不用說了，連青龍和朱雀也都還沒復原。

它直盯著前腳，試著做種種動作，發覺已經可以隨心所欲地控制了。身上四處的傷口幾乎都消失了，也不痛了。

儘管如此，那種被邪念奪去神氣的感覺，偶爾還是會浮現。其實只是有那種感覺而已，身體卻會變得又冷又重，這種時候，它就會深深吐口氣。

小怪抓抓額頭一帶，「嗯」地低吟。

對了，用來封印的金箍，在尸櫻的世界碎裂了。

晴明清醒回來後，要請他再施法做一個。

昌浩猛然抬起頭，叫喚臉色沉重的小怪。

「小怪。」

「嗯？」

「紅蓮的金箍還需要嗎？」

小怪眨一下眼睛，回看昌浩說：

「沒有也行，可是……」

「怎樣？」

「該怎麼說呢，沒有就靜不下來。」

「這樣啊。」

「沒有也沒關係啦。」

「可是，有比較能靜下來，不是嗎？」

「嗯，是沒錯啦。」

「那麼，當然是有比較好囉。」

「是吧。」

看著嗯嗯點頭的小怪，昌浩心想：

紅蓮可以憑自己的意志解除封印，有沒有金箍，應該沒什麼差別。
它會說有比較能靜下來，是因為那是安倍晴明施法做的金箍吧？
那個金箍一定跟紅蓮這個名字一樣，對它來說非常重要。
「勾陣呢？」昌浩問。
小怪指向晴明的房間。
「我多久沒跟勾陣說話了？」
昌浩一天最少會去看她兩次，就是出門工作前與回到家時，可是跟她說話她也沒反應。有意識時，她會把視線朝向昌浩，但很快又會閉上眼睛。
昌浩曾去找過待在生人勿近森林裡的天空翁，跟他商討勾陣是不是真的沒事，他說在神氣恢復之前，大概都是那個樣子。
如果是人，只要吃有營養的東西，好好睡覺，自然就會復原。
神將不吃東西。硬要說的話，就是吃「氣」。
想到這裡，昌浩的眉間突然擠出了皺紋。察覺的小怪甩甩耳朵說：
「怎麼了？」
「難道氣的沉滯，不僅會使樹木的枯萎擴散，也會使勾陣的神氣無法恢復嗎？」

昌浩這句話，完全出乎小怪意料之外。

小怪本身是靠自己的力量恢復到某種程度，所以沒想太多。現在聽昌浩這麼一說，覺得很有可能。

「啊，原來是這樣……」

只要人界的氣開始循環，異界的氣也會開始循環吧？人界與異界相連，也跟那個尸櫻的世界相連。

「要剷除樹木枯萎的根源才行，該從哪裡著手呢？」

昌浩隨便抓起堆在旁邊的書，啪啦啪啦翻閱。那是寫陰陽術和祭文的書，沒有關於樹木枯萎的記載。

「一個月前才聽六合說，風音大肆淨化了京城裡的樹木枯萎，結果維持不到半個月。」

昌浩又抓起另一本書，啪啦啪啦翻閱。這本似乎也沒有他在找的法術。

找不到召喚蟲子的法術，就去某個有螢火蟲的地方抓回來吧。

昌浩在心中這麼發誓。

既然伊周說要去抓螢火蟲，交給他去抓不就好了嗎？命婦為什麼要特地對昌浩

說那些話呢？

「不解……」

「啊？」

「沒什麼，是我自己的事。」

昌浩一本接一本地翻開書，頭腦卻想著別的事。

難道是命婦不高興看到他跟藤花那麼好，所以故意出難題為難他嗎？

如果是這樣，當然要接受挑戰啦。

「每次都隔著竹簾，我連她的一根手指都沒碰過啊。可惡，那個命婦到底對我有什麼不滿……」

嘀嘀咕咕抱怨的昌浩，眉間的皺紋更深了。

小怪邊把昌浩看過後亂丟的書疊起來，邊不經心地聽著昌浩的自言自語。

「啊，乾脆跟著大帥去賀茂川抓螢火蟲，然後把螢火蟲召來，只要可以抓到很多的螢火蟲就行了。」

先不管能不能召來螢火蟲，總之可以在賀茂川辦完事就沒問題了。

絕不可以動貴船的螢火蟲。

因為貴船的螢火蟲，必須去貴船看才行。

就是要去貴船看才有意義。

「把螢火蟲召來、把螢火蟲召來、把螢火蟲召來……唔，螢火蟲、螢火蟲在哪裡？」

小怪瞇起了眼睛說：

「你很吵耶，一直叫螢、螢、螢。再叫下去，菅生卿的螢會聽見哦。」

「不是那個螢啦……不知道螢好不好。」

等樹木枯萎這件事告一段落後，拜託颯峰去看看她吧。

昌浩漫然思索著，忽然想起了一件事。

菅生的眼線，在西國看見了什麼呢？

聽說西國的樹木枯萎得非常嚴重，妖怪都跑出來了，但昌浩還沒有遇見過。

高淤神的話閃過腦海。

有東西被污穢召喚而來，聚集在一起。

——京城的樹木枯萎，似乎也擴及到這裡了。

——樹木枯萎也擴及到京城了嗎？

神說「也擴及到京城了」，而不是說樹木的枯萎從京城擴及到貴船。

妖怪從西國跑出來了。也就是說，樹木的枯萎是從西國往這裡擴大。樹木枯萎，氣就會枯竭，然後帶來污穢。

樹木枯萎，氣就會枯竭，然後帶來污穢。有了樹木，才會充滿氣。充滿了氣，人和神才會精神飽滿。

神不時變透明的模樣，閃過昌浩的腦海。污穢正在消磨貴船的靈氣、抹殺神力。

所謂污穢，相當於死亡狀態。

忽然，飛舞飄落的花朵浮現眼底。

不是尸櫻花，而是那天跟祖父一起看的一般櫻花。

「爺爺說過……」

昌浩想起那句話，喃喃複誦。

——污穢的花朵會招來死亡，阻止氣的循環，換成死亡的循環。

沒錯，昌浩已經知道氣的循環與死亡的循環。只是在這之前，兩者沒有連結在一起。

恐怕晴明也沒想到，兩者會這樣連結在一起吧？

那是隨口說出來的話。就是沒有意圖，才會成為言靈。

昌浩闔上書，調整呼吸。向死亡凝聚的東西，究竟是什麼？

死是陰，生是陽。

在尸櫻森林，是把充斥的陰氣轉為陽氣，靠那股力量，在祖父與神將們被尸櫻吞噬之前，把時間逆轉了。

現在，神將們遲遲難以復原，晴明沉睡不醒。

為什麼會這樣？那個世界的陰氣，明明都轉為陽氣了啊。

「……嗯？」

昌浩思考了好一會，覺得有什麼卡在心上，低聲沉吟。

剛才，有個思緒閃過腦海，是什麼呢？

昌浩按著太陽穴，滿臉嚴肅，陷入了沉思中。

小怪看也不看那樣的他一眼，把他不斷打開扔在地上、又打開扔在地上的書堆積起來。

沒多久，彷彿完成了什麼大事業似的，用前腳擦拭著額頭。

「好了。」

堆起來的書塔，跟用後腳直立起來的小怪差不多高。小怪站在書塔前，滿意地點著頭。這時，昌浩的手從它背後伸過來。

「小怪，你想是什麼？」

昌浩把它從脖子一把抓起來。

「哇！」

突然失去平衡的小怪，一腳把書塔踢翻了。

「哇啊啊啊！」

書塔發出聲響倒下來，掉得到處都是。看到辛苦堆積起來的成果瞬間化為烏有，小怪瞪大眼睛怒吼：

「可、可惡！喂，昌浩，你幹什麼！你問我是什麼，什麼跟什麼啊！」

昌浩回頭看齜牙咧嘴的小怪，眼睛不知為何亮了起來。

「小怪，你太棒了！」

「啊？」

小怪疑惑地反問，昌浩把它扔出去，抓起了一本書。那本書原本在書塔中央，掉下來時從中間攤開了。

滾落地上的小怪，重整態勢，露出咬到苦蟲般的表情，低聲嘶吼：

「你……」

昌浩把手上的書攤開給小怪看。

「就是這個，太極圖！」

「啊？」

小怪發出嚇人的聲音。這時候昌浩才發現，小怪的表情很可怕。

「咦？」

「你……」

小怪的表情好像吃下了比剛才更多的苦蟲，正在咬碎、咀嚼。

瞪著昌浩好一會後，它決定先把湧上心頭的種種情緒暫放一旁。

它做出把什麼東西放到什麼都沒有的地方的動作後，用後腳直立起來，靈活地合抱前腳。

「說吧，怎麼回事？」

小怪擺出洗耳恭聽的姿態，昌浩把書攤開對它說：

「我在想，爺爺沉睡不醒、大家遲遲難以復原，會不會是這個原因？」

小怪盯著畫在紙上的太極圖，片刻後才開口說：

「陽中之陰，陰中之陽嗎？」

「對。」

沒有了活祭品的尸櫻世界，會逐漸充滿陰氣，說不定現在已經陰氣瀰漫了。氣完全不流動，世界充斥著死亡。

但即便如此，也一定有陽氣存在於某個地方。

世界相互連接。不管離多遠，只要有東西留在那個世界，就會持續受到影響。

小怪嗯嗯沉吟。

「如果這個假設正確，為什麼我沒事？」

「因為你是小怪啊。」

「什麼意思？」

「就是這個意思。」

昌浩邊持續有說跟沒說一樣的對話，邊翻著書頁。

然後，視線停在把靈魂拉回來的法術上。

這個法術似乎跟「返魂」不一樣，是把脫離的魂，叫回原來的身體。

以晴明與神將們的狀況來看，脫離的並不是魂。但是，這個法術最接近昌浩要做的事。

他要拉近連結。

尸櫻的世界在哪裡？現在變成什麼樣子？昌浩不知道。但是，他曾去過那個世界，所以那個世界與他產生了一些些的連結。

沿著這個連結走，應該就能到達。

小怪合抱前腳說：

「如果晴明他們還被困在尸櫻的世界，你打算怎麼做？」

「感覺跟被困住又不太一樣。」

「我是說如果、如果。好吧，就算是魂或靈力之類的東西還留在那裡，你打算怎麼找回來？」

談到這裡，昌浩又陷入了沉思。

沒目標地嘗試，恐怕只會耗費時間、浪費靈力。

他回想自己從那個世界回來時的事。

當時聽見了車之輔的聲音。風音利用主人與式之間的強烈羈絆，做出了尸櫻世界與人界之間的道路。

「不是做出了道路，而是鋪設了道路吧……」

以原本就存在的連結做基礎，清楚鋪設出回來的道路。用這樣的想法來形容她所做的事，或許是最貼切的。

「鋪設道路……」

昌浩喃喃低語，緊盯著自己的手掌。

由自己鋪設道路，把晴明和神將們叫回來這裡。

真的做得到嗎？風音的力量，在性質和程度上，都與身為人類的昌浩不同。或許借用她的力量，比較能放心。

但是──

「……」

昌浩握起注視中的手掌。

那時喚醒晴明的人是他，沒能將晴明徹底喚醒的人也是他，既然如此，他覺得必須靠自己這雙手來做這件事。

「可是……萬不得已時，還是藉助她的力量吧。」

他有心要靠自己的力量，但若是太堅持己見，害得晴明他們回不來，問題就大了，所以還是要把她當成最後的王牌。

「六合。」

他一召喚，就有神氣在他旁邊降落。

「我剛才說的話，你都聽見了吧？所以，我現在要出去一下。說不定會有需要藉助風音的力量的時候，但我會努力盡可能不要求助於她。我會盡力，但必要時還是希望她可以幫忙，你可以去幫我跟她說一聲嗎？」

現身的六合，默然點個頭，就隱形了。神氣從那裡消失了。

「聽說風音也花了很長的時間才復原。」

「好像是，聽說她只是看起來很有精神，其實體力的耗損非常嚴重。」

「哦……」

等等，那個沉默寡言的同袍，不可能主動告訴昌浩這種事。竹三条宮的脩子和藤花，也不可能看出風音這樣的情況，把這件事告訴昌浩。

小怪半瞇起眼睛看著昌浩，開口說：

「昌浩，這件事是誰告訴你的？」

「咦？小妖們啊，竹三条宮那三隻。」

昌浩微微笑了起來。

「那些傢伙真的把那座宅院當成了巢穴。公主應該已經不需要它們當玩伴了，不過，有什麼事時，它們都會通知我，還滿方便的。」

老實說，他曾經想過，乾脆收它們為式。

不管感情再怎麼好，它們畢竟還是妖怪。既然是妖怪，就有可能危害身邊的人類。收它們為式，就可以讓它們聽從命令。

但是，前幾天去貴船參拜時，看到它們的行為舉止都不像妖怪了，他就打消了念頭。

總覺得，變成主從關係，就看不到它們那樣的行為舉止了。

「喂，小怪。」

「嗯？」

「爺爺有沒有想過要收小妖們為式呢？」

小怪眨眨眼睛，「啊」地沉吟，似乎察覺昌浩在想什麼了。

「我沒聽他說過，但他好像有想過。」

「哦？」

小怪面對張大眼睛的昌浩，把前腳抵在耳朵附近，在記憶中搜索。

「是什麼時候呢？很久以前了，是在他跟若菜結婚之前還是之後呢？」

詳細情形，應該是天一或玄武會比較清楚。其他神將跟紅蓮不同，尤其是天一和玄武，比較有機會降臨人界，待在晴明身旁。

青龍也是，但他會關心那種瑣碎的事嗎？他很可能根本沒把小妖們放在眼裡。從以前到現在，對青龍來說，小妖就只是小妖，它們的存在就跟飛來飛去吵死人的飛蟲一樣。而且，小妖們被青龍一瞪，就會尖叫著四處逃竄。

小妖們曾經埋怨：「以前，那個可怕的式神把我們踹飛過。」

晴明聽見了，就安慰它們說：「他不是故意的，是真的沒看見你們。」

「現在回想起來，那根本不是安慰，而是重重的一擊。」

小怪抓抓耳朵下方，喃喃說道。

連看都沒看見，表示根本沒意識到它們的存在。

小妖們很生氣地說：「太失禮了，我們比神將更早以前就待在京城了呢。」

晴明叫它們別在意，它們說：「會在意才是人之常情。」但小怪心想：「你們

是妖怪，講什麼人之常情嘛。」

小怪細細回想，忽然想起最近都沒見到它們。

因為它一直在家裡休息。

它甩一下尾巴，確認身體能不能行動自如。如果變成小怪的模樣都不能行動自如，那麼，恢復原貌也會有哪裡出問題。

它仔細查遍身體的每個小地方，到處都有筋肉反應比較遲鈍的部分，但已經好多了。

神氣也幾乎復原了。小怪自己都不禁要稱讚自己，竟然可以從那種狀態恢復到這種程度。

看同袍的樣子，就知道自己的復原十分顯著。

小怪忙著確認自己的狀態時，一直在翻書看的昌浩，突然點個頭，啪噠闔上了書。

「好，就這麼做吧。」

小怪問站起來的昌浩：

「怎麼做？」

「我想先去借用南殿那棵櫻花樹的母樹的力量。」

風音就是使用那棵樹，把他們從那個世界帶回來的。

聽說那個世界的孩子，把梓送回來時，也是把她放在那棵櫻花樹下。

但是，樹木也是生物，所以也不能造成樹木太大的負擔。

「先做做看，如果有困難，再想其他辦法。」

所以他現在要去那棵櫻花樹那裡。

看到小怪也要站起來，昌浩眨眨眼睛說：

「咦，小怪，沒關係啦，我可以一個人去。」

又接著說車之輔也會去，但小怪瞇起眼睛說：

「老窩著不動，身體也會變得僵硬。放心吧，我只跟在後面看著你。」

「這是宣告你什麼都不會做嗎？」

「可以這麼說。」

昌浩雙眼發直，看著毅然回答的小怪。

6

◇ ◇ ◇

微弱的鳴響聲不絕於耳。

低沉的拍翅聲揮之不去。

嗡……。

「唔……！」

女人受不了，摀住了耳朵。

明明摀住了，聲音卻還是響個不停。那聲音不是來自外面，而是來自耳內。

啊，追來了，那個聲音追來了，不管逃多遠、逃到這裡也一樣。

果然逃也沒用。

果然不該逃。

女人記得幾天前，在丈夫出門工作前，跟丈夫吵了一架。

那天晚上，丈夫沒有回來。可能是鬧脾氣、或是煩躁、或是生氣，總之，應該是去了哪個相好的女人那裡。

她的感覺當然不好，但她也一樣煩躁，所以心冷地想，最好暫時不要回來。

隔天半夜，丈夫回來了。女人把「最好兩、三天都不要回來」的真心話埋入心底，迎接丈夫回來。

丈夫的表情特別陰沉，也幾乎不說話。

女人問丈夫是不是哪裡不舒服，丈夫說頭痛想睡覺，就關在房裡不出來了。

看那樣子，是不可能去工作了。她派人去皇宮，替丈夫請了觸穢的凶日假。

丈夫不進食，也不見家人，一直關在房間裡，女人開始擔心了。

如果真的病了，要請藥師來才行。

丈夫囑咐過，沒有他的叫喚不准靠近，所以女人盡可能這麼做，但越來越擔心，感覺如坐針氈。

就要踏入丈夫的房間之前，女人突然停下了腳步。

她好像聽到什麼低沉的嗚響聲。

豎起耳朵傾聽了片刻後，女人聽出那是拍翅聲。
那聲音分外沉重，光一、兩隻飛蟲，不可能形成那樣的聲音。
女人命令管家，打開緊閉的門。
門一開，便有一大群黑色飛蟲飛出來，宛如噴出了黑煙。
嗡……的拍翅聲層層交疊，房間裡塞滿飛蟲，一團漆黑。
女人發出尖叫聲，命令管家搜尋丈夫。
管家淚眼汪汪，但不敢違背命令，用袖子遮住臉，闖入房內，邊拚命撥開纏住身體的飛蟲，邊呼叫主人的名字。
聽到女人的尖叫聲，雜役們都跑來看怎麼回事。看到從主人房間噴出來的大量飛蟲，他們都倒抽了一口氣。
女人命令他們把房間敞開，把蟲子趕出去。他們用布蓋住嘴巴，打開了板窗和木門。
飛蟲發出嘶吼般的拍翅聲，全都一起飛了出去。
覺得很噁心的管家和雜役，環視還剩下幾隻飛蟲的房間，看到墊褥上有件高高隆起的外褂。

看起來像是有人坐在墊褥上，把外褂從頭上披下來，背對著大家。

管家呼喚主人的名字，但沒有回應。

管家有不祥的預感，請示夫人該怎麼做。

女人非常害怕，但還是戰戰兢兢地命令管家把外褂扯掉。

管家把視線朝向最近的雜役，叫他去做。雜役臉色發白，但不敢違背命令，小心避開還在地上爬的幾隻黑色飛蟲，慢慢地靠近，伸出了手。

雜役的手碰到了外褂。他抓住袖子，要用力拉起來時，主人就搖晃傾倒了。

啪唦一聲，主人倒地了。從外褂裡面隱約傳出什麼東西相撞擊的奇妙聲響。

所有人面面相覷，心想那是什麼聲音呢？主人的動作，說是倒下來，還不如說是崩潰了。

快哭出來的雜役，把外褂拉起來。出現在外褂下面的是，披著單衣、還勉強保住了原形的白骨。

女人連叫都叫不出來，當場癱坐下來。

管家和雜役們發出短短的尖叫聲，衝出了房間。

留在房間裡的女人，臉上失去了表情，茫然注視著在纏繞白骨的單衣上爬行的

飛蟲，隨手把它們趕走了。

保持形狀的白骨潰散了，骷髏頭從頸骨掉下來。

飛蟲從骨碌骨碌翻滾的骷髏頭的凹陷眼窩，嗡嗡嗡地飛出來，彷彿在嘲笑女人般四處亂飛。

女人注視著空蕩蕩的眼窩，片刻後才發出刺耳的尖叫聲。

◇　◇　◇

小怪登登登地走著，昌浩健步走在它旁邊。

真的很久沒有這樣跟小怪走在夜晚的京城了。

因為這一個多月來，小怪白天大多是昏昏沉沉，晚上也很快就睡著了。

以前，在陰陽寮也常看到小怪蜷曲睡覺的模樣，但靠近它、甚至戳它，它都動也不動地繼續打呼的情況，還是第一次。

「小怪，你還好吧？」

昌浩擔心地問，小怪甩一下尾巴說：

「你很不相信我呢，不好的話，我就在家裡睡覺，把你交給六合啦。」

「也是啦，可是，該怎麼說呢，十二神將都不擔心嗎……」

「不擔心啊。」

「咦咦咦咦咦？」

昌浩拉長臉，看著眼睛半瞇的小怪。小怪甩甩耳朵說：

「無時無刻不把你放在視線範圍內，就會非常擔心，原因之一可以說是對你的不信任。現在他們覺得，丟下你一個人也沒關係了，你要這麼想啊。」

昌浩低頭盯著小怪看。

那番話聽起來頗有道理，昌浩卻無法全然釋懷。

不知道為什麼，有種被矇混過去的感覺。

「嗯——小怪畢竟是爺爺的式神。」

昌浩喃喃嘀咕，小怪張大眼睛說：

「啊？什麼意思？」

「你不明白就不明白吧，沒關係，這是我自己的想法。」

小怪半瞇起眼睛，仰視昌浩說：

「你果然是晴明的孫子。」

「不要叫我孫子。」

反射性地回罵後，昌浩眨了眨眼睛，覺得毫無意義。

昌浩想說的事，小怪大都能理解，小怪想說什麼，昌浩也大概知道。

走了一段路後，昌浩喃喃說道：

「很久沒這樣兩人一起走路、聊天了呢。」

「是啊。」

小怪這麼回應，跳上了昌浩的肩膀。

「昌浩……」

「嗯？」

溶入夕陽般的紅色眼眸，就在昌浩身旁閃爍著亮光。因為對自己施加了暗視術，所以昌浩可以清楚看見小怪的軀體、表情。

「晴明沒有醒來，並不是你的錯。」

昌浩屏住了氣息。

小怪淡淡接著說：

「那傢伙若是想怎麼做，無論如何也會堅持到底。他若想醒來，不管怎樣都一定會醒來。」

更何況……

小怪瞥一眼吉野的方向。聽說，同袍太陰一直抱著膝蓋，蹲坐在昏睡的晴明身旁，一句話也不說。

安倍晴明把十二神將當成了朋友，現在朋友大受打擊，身心俱疲，希望他趕快醒過來，他若有心要醒來，一定會很快醒來。

所以，這一個多月來，小怪茫然想著，晴明是不是有他不醒來的理由。

是有不醒來的理由，還是有不能醒來的理由呢？

小怪說出這樣的想法，昌浩皺起了眉頭。

「理由……怎麼樣的理由？」

小怪搖搖頭說：

「不知道，我只是隨便亂想，說不定根本沒有任何理由，純粹只是有些靈力或魂或心，被尸櫻困住了，逃不掉而已，就像你想的那樣。」

被反問你認為呢？昌浩低聲咕噥。

祖父沒醒來的理由。
例如，因為被尸櫻吞噬的時間太長了。
因為昌浩的法術沒辦法把時間完全逆轉。
因為被吞噬期間，有部分的魂被吸收，回不來了。
因為為了保護神將而發出去的靈力，因為某種理由，被留置在那個世界的某處。
還有、還有、還有。
還可以想到好幾個不能回來的理由。
所以可以放心，是不能回來。所以可以安慰自己，是回不來。
「欸，小怪，我在想……呃，是聽完你剛才說的話才想到的……」
在這之前，有想過希望爺爺早點醒來，但沒思考過為什麼沒醒來。
不是不醒來，而是醒不來的說法，震撼了昌浩。
「如果那個世界的尸櫻，徹底枯萎的話，就會充滿陰氣而轉為陽氣吧？」
「像你做的那樣嗎？」
「對，會不會等充滿陽氣後，就回得來了？」
「說得也是……」

晃動耳朵的小怪仰望天空。

剛邁入丑時的天空，被昏暗、陰沉的雲覆蓋。近日來，都見不到陽光。

皇宮裡的貴族都在談論，會不會是因為皇上龍體欠安，所以上天反映出這樣的狀況。

樹木枯萎、氣枯竭，使空氣沉滯，嚴重到覆蓋了天空。很可能也是因為這樣，皇上的身體才會日漸衰弱，所以貴族們說的話也未必有錯。

「或許也有道理吧。」

「那麼，」昌浩豎起右手的食指說：「不用把魂拉回來的法術，改用促使那裡充滿陰氣的法術，或許也是一個辦法。」

「的確是一個辦法，但嘗試失敗的話，就不好笑了。」

「就是啊。」

失敗的話，祖父和神將們還留在那邊的某種東西，很可能就回不來了。

當然，先決條件是真如猜測，祖父和神將們還有什麼東西留在那邊。

蹙著眉頭深思的昌浩，「碰」地拍了一下手。

「啊。」

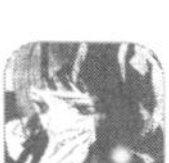

「嗯？」

「用占卜來確認我的猜測對不對吧？」

至少，知道晴明和神將們沒醒來，是否只是體力還沒恢復的必然狀況，心情就會好過些。如果占卜出他們有什麼東西留在尸櫻的世界，就可以全心全意思考最好使用什麼方法。

小怪拍著前腳說：

「沒想到你會自己說要用占卜來確認呢，這就是所謂的顯著成長吧？」

還感慨萬千地做出擦拭眼角的動作，昌浩半瞇起眼睛瞪它。

「以前我的確不會說。不過，我要先聲明，我現在還是不擅長占卜。只是在菅生鄉，這方面也受過嚴格鍛鍊，所以沒那麼糟了。」

以前老說自己多麼不擅長，現在卻可以說沒那麼糟了，這是很大的進步。

「你很努力呢，晴明也很高興。」

「是嗎？」

昌浩不由得停下腳步反問。

他一回到京城，就面對了陰陽寮與安倍晴明的猜謎比賽。跟爺爺只有在櫻花樹

下相遇時，以及送爺爺去吉野送到京城外時說過話，除此之外，沒有好好聊過的記憶。

看來，是小怪和勾陣，在昌浩不知情的狀態下，把他在菅生鄉如何生活、如何發憤圖強的事，告訴了晴明。

昌浩眨了好幾下眼睛，喃喃說道：

「我也好想……跟爺爺好好聊一聊。」

小怪用尾巴溫柔地拍拍昌浩背部說：

「等他醒來，你們要聊多久都行。」

昌浩默默點了個頭。

他已經不是小孩子了，再也不能像以前那樣，抓著祖父的袖子，對祖父說你不可以死。

儘管，這麼做大概也不會有人苛責。

爺爺不可以死，爺爺要快點醒來。我還沒有超越爺爺呢。

如果爺爺就這樣長睡不起，就是爺爺趁勝逃跑了。

即便如此，昌浩也不能再跺著腳，說爺爺狡猾了。

因為是小孩子，才能那麼做。

因為是小孩子，才能坦率地、隨心所欲地行動，也才會被允許。

於是，他陷入了思考。

自己已經走到了比自己想像中更遙遠的地方。

驀然回首，想必會看到經歷種種事、抱持種種心情，自己鋪設到這裡的人生大道，正長長延伸到遙遠的彼方吧？

他不由得嘆了一口氣。

明明走了這麼遠，自己的成長卻不如預期，令人焦躁。

小怪瞥一眼昌浩的側臉，思索著該對他說什麼。

那對長耳朵顫動了一下。

有沉重的拍翅般的聲響，突然鑽進了耳裡。

「……」

小怪全身不寒而慄。

就在昌浩察覺坐在肩上的小怪提高警覺四處觀望時，背部掠過一陣寒意。

小怪跳下昌浩肩膀，放低姿勢，做好隨時可以行動的準備。

以右手結起刀印的昌浩，小心翼翼地環視周遭。

沒有一絲亮光的黑夜，附近不見任何人影。這種時間當然沒人，但是連夜賊的動靜都沒有，就有點奇怪了。

夏天的夜晚，貴族們比較會走夜路，有夜賊覬覦他們也不稀奇。

昌浩想起在皇宮裡流傳的傳言。

有一隻鞋子掉在路上。

他環視周遭，看到有東西孤零零地掉落在不遠處。

是鞋子。

他的脖子一陣涼意。

那是一隻很小的鞋子。

昌浩與小怪的視線剎那交會。

根據傳聞，看到鞋子的人就會消失。不過，幾天後又會回到家，只是都會以觸穢為由，請長期的凶日假，不會出現在公共場合。

昌浩也關心這件事，但更擔心祖父，所以沒特別在意。

「拍翅聲……」

低喃的昌浩定睛注視黑夜。

聽說看到一隻鞋的人，都是高舉著火把也看不見鞋之外的東西。

是沒有其他東西所以沒看見，還是火光照不到所以看不見呢？

看到一隻鞋而請了凶日假的貴族們，昌浩私下聽說過名字。有殿上人也有地下人④。與這個傳聞扯上關係的人非常多，因為也包括了隨從與牧童。

但即便扣掉隨從等人，與傳聞相關的貴族，還是兩隻手的手指也算不完。

拍翅聲越來越大。

昌浩定睛凝視、豎起耳朵傾聽，發現眼前的黑暗彷彿膨脹起來，倒抽了一口氣。

以為是「黑暗」的東西，竟是一團黑色的凝聚物。

宛如黑煙的東西，邊發出拍翅聲邊飛向了昌浩和小怪。

昌浩橫向畫出一條直線。

「禁！」

被畫在半空中的線，化為無形的保護牆。

撲過來的黑煙，被保護牆阻擋，碎裂四散。

拍翅聲騷亂，黑色東西飛來飛去。

小怪低聲叫嚷：

「黑色……蜜蜂!?」

形狀酷似山中可見的馬蜂，但顯然不是。大小超過一寸，拍著四隻翅膀，瘋狂亂飛。

猛衝卻被無形的牆壁阻擋，令它們焦躁不已，激烈地拍振翅膀，一再地猛衝又被彈飛出去。

片刻後，幾隻馬蜂咬住無形的牆壁不放。

馬蜂緊貼著由靈力編織而成的保護牆，企圖用大大的下顎咬破保護牆。它們的身軀會不時扭曲歪斜改變形狀，從看似馬蜂變成其他蟲子、再變成黑點，最後又恢復馬蜂的模樣。

「黑虫……」

昌浩喃喃低語，擊掌拍手。

他的確是在尋找召喚蟲子的法術，但並不想召喚黑虫。

黑虫如字面意義，就是黑色的虫。來歷不明的黑虫非常詭異，每個人看到的形狀都不一樣。

昌浩結起手印，調整呼吸。

「嗡！」

趴在保護牆上的虫，哄然四散，又聚集起來，排成長矛槍尖的形狀，對準保護牆衝過來。

小怪瞪大了眼睛。

昌浩重新編織出來的保護牆應聲龜裂。

「什麼!?」

黑虫長矛往後退，再次衝撞。受過一次攻擊變得薄弱的地方又被擊中，保護牆發出琉璃碎裂般的聲音，向四方飛散。

擊破保護牆的黑虫，變成馬蜂，開始頂出毒針攻擊昌浩。在地上翻滾避開毒針的昌浩，跳起來奔跑。

拍翅聲緊追在後。低沉的嗚響聲中，還夾雜著其他像是震動下顎的咔答咔答乾澀聲。

昌浩扭頭往後看，飛過來的黑虫全部的下顎都在動。連保護牆都被那個下顎咬破了，人要是被咬到，連肉都會被咬掉。

「小怪！」

昌浩邊撥開如黑煙般遮蔽視野的黑虫，邊放聲大叫。

白色怪物被黑煙吞噬，不見蹤影。

「小怪，你在哪！」

到處都是層層交疊的激烈拍翅聲，恐怖的聲響直逼背後。

聽見耳朵附近有拍翅聲，昌浩把眼珠子往那裡移動，看到黑虫的腳掠過視野角落。接著，眼睛旁邊出現蜜蜂的觸角，轉瞬間耳朵和臉頰就產生了劇痛。

「唔……！」

昌浩在慘叫之前，先畫出了五芒星。現在的他顧不及疼痛。

「縛！」

一團黑虫被光亮的五芒星困住，掙扎著掉落地面，痛苦地翻滾。它們拍動翅膀，咬碎五芒星，又飛上了空中。

鐵鏽般的腥臭味刺激著鼻腔，感覺有溫溫的液體從耳朵沿著脖子滴答滴答流下來，滴落在狩衣的肩膀上，聽起來格外大聲。

血腥味一擴散，向昌浩聚集而來的黑虫就更多了。

昌浩重新編織結界，把自己圍起來。趁空間封閉之前溜進來的馬蜂，逼近眼前。

他反射性地用手把馬蜂打下來，但馬蜂畫出曲線又飛了起來。
有四、五隻黑虫，在他耳邊嗡嗡飛來飛去。
昌浩追逐動靜，在黑虫的下顎咬到另一邊耳朵之前，扭過身體，拍手擊掌。
「嗡阿比拉嗚坎夏拉庫坦！」
群聚在結界外的黑虫們，顫悠悠地波動起來。
「南無馬庫桑曼達、吧沙拉旦、顯達瑪卡洛夏達、索哈塔亞溫、塔拉塔坎、漫！」
要往他的袖子、胸口、脖子、背部咬下去的黑虫，啪嘰一聲被彈走了。
「縛鬼伏邪、百鬼消除、急急如律令！」
昌浩高舉刀印，以渾身力量揮出去。
「萬魔拱服！」
奔馳的靈力把黑虫群砍成兩半後炸開。
被綻放白色閃光的靈術五花大綁而墜落的大群黑虫，掩蓋了整條馬路。
雖不能飛，但仍發出微弱拍翅聲掙扎的大群黑虫，集中在一個點上，逐漸往上堆疊。
定睛凝視的昌浩，看到白色尾巴被堆疊的黑虫淹沒，只露出一小截。

「小怪！」

就在他大叫時，紅色鬥氣噴出，燃起了鮮紅的火焰。

小怪的陰陽講座

④不能上清涼殿的六位以下官職，或一般庶民。

7

鮮紅的火焰把覆蓋馬路不停扭動的黑虫全燒光了。

沒有聞到生物的燒焦味，因為黑虫沒有實體。

把黑虫與黑虫散發出來的妖氣通通燒光的火焰，逐漸擴大，照亮了四周，火焰中心站著十二神將騰蛇。

昌浩鬆口氣，解除結界跑向他。

「紅蓮。」

他不太高興地用眼神回應，瞬間變回了小怪的模樣。

從耳朵淌下來的血，在狩衣上形成了血漬。昌浩用手按住耳朵和臉頰，痛得皺起了眉頭。小怪對著他低嚷：

「那是什麼東西？」

小怪當然知道那是黑虫，只是沒見過會那樣攻擊人類、把人肉咬碎的虫。

它跳上昌浩被咬的那隻耳朵的另一邊肩膀上，小心翼翼地觀察四周。

趁小怪戒備時止血、唸誦治癒咒文的昌浩，發現手掌有污點，瞇起了眼睛。
他環顧四周。
看到最初看到的那隻鞋還掉在相同的地方。
昌浩想靠近鞋子，走到很近時，又聽見那個拍翅聲，下意識地往後退。
他凝目注視。
如黑煙般不斷改變形狀飛來飛去的黑虫，出現在鞋子附近。
「什麼時候……」
昌浩默默對低吼的小怪點點頭，小心翼翼地往後退。
這些虫比剛才的馬蜂更小，跟有翅膀的螞蟻差不多大小。
發出拍翅聲飛來飛去的虫，沒多久就蓋住了鞋子。聚集成一團黑球的大群黑虫，維持那樣的形狀飛了起來。
鞋子不見了。不知道是不是被黑虫搬走了。
昌浩往它們前進方向望過去，發現那群黑虫裡面有幢幢人影搖來搖去。
「咦……？」
是被虫攻擊，逃不掉嗎？

昌浩想救人，正要衝出去時，被小怪嚴厲制止。

「等等！」

昌浩的腳被鎖在原地。

夕陽色的眼睛射穿了黑虫與人影。

與小怪一樣瞪著黑虫的昌浩，發現黑虫裡的人影的動作都很奇妙，就像被繩子操縱的傀儡。

昌浩對自己施加了暗視術，所以在黑夜中也看得跟白天一樣清楚。

傀儡般的人影，有著人的形狀。不是人的模樣，而是人的形狀。

嚴格來說不是人，而是肌肉等所有東西都被削掉的全白的骨頭。

骨頭穿著破破爛爛的衣服，被黑虫糾結纏繞，好比活人似地扭動著，發出咔答咔答聲響。

昌浩啞然失言，把視線往它們腳下移動，看到沒肉沒筋的腳只穿著一隻鞋。

頸骨上的骷髏頭，回頭看著昌浩和小怪。

空洞洞的眼窩，哀怨地望著他們兩人。從破破爛爛的袖子露出手，緩緩舉了起來。

昌浩不寒而慄。

骨頭搖晃擺動。

那個動作好像在招手叫昌浩過來。

響起拍翅聲。在黑虫亂舞中搖來搖去的骨頭、無數的骨頭，全都以同一個動作向昌浩招著手。

昌浩沒有撇開視線。本能告訴他，不能撇開視線。

他盡可能緩緩地、深深地用鼻子吸氣。感覺若從嘴巴吸氣，會把黑虫與骨頭散發出來的陰氣吸入體內。陰氣進入體內，就會從內側削去生氣。

片刻後，無數的骨頭在黑虫的操縱下改變了方向，緩步向前進。

昌浩只能茫然地看著無數的骨頭搖啊搖、搖啊搖地跟著黑虫走。

沒多久，拍翅聲完全消失了。

周遭一片寂靜。

不知道經過了多少時間。

全身冷汗直冒，心臟也在這時候才狂跳起來。

昌浩按住胸口，盡可能慢慢地吸入一口氣。

「剛才那是……」

他發覺自己的喃喃低語微微顫抖著。

不是害怕，而是太冷了，冷得嘴唇發抖。

一感覺冷，全身就哆嗦發起抖來。

咬不緊的牙齒嘎嘰嘎嘰作響。

他好幾次試著深呼吸，讓自己冷靜下來，但仍然止不住顫抖。

他知道理由，是因為與陰氣接觸，所以體溫陡然下降。

小怪發出來的神氣，包住了抖得說不出話來的昌浩。火將的神氣比其他神將的神氣都暖和。

而且，神氣屬於陽氣。

碰觸陰氣而喪失的體溫，似乎慢慢補回來了。

過了一會，昌浩喘了一口氣。臉色蒼白的最大原因，不是碰觸到陰氣，而是遭受黑虫攻擊所受到的驚嚇。

從來沒見過那種東西。

小怪對猛眨眼睛的昌浩說：

「昌浩，今晚還是先回家吧。」

那是一大群的黑虫，和好幾具的骨頭。昌浩或許沒聽見拍翅聲裡也夾雜著骨頭的傾軋聲，但小怪的聽覺清楚捕捉到了。骨頭的數量恐怕多過昌浩和小怪的估計。

「可是……」

昌浩猶豫了，覺得不該放任那種東西不管。

「我沒叫你放任不管，是叫你改天再來解決。」

原本想反駁的昌浩，把嘴巴緊閉成一條線。

「對不起……」

「對不起什麼？」小怪詫異地問。

昌浩老老實實地說：

「原本說好小怪什麼都不用做，只要在一旁看。」

它卻變回紅蓮的原貌，擊退了黑虫。

小怪搖搖頭說：

「沒關係，別在意，那是出乎預料之外的事。」

的確是這樣。昌浩默然點頭。

然後，他暗自思索。

聽說那些撞見一隻鞋的貴族，幾天後都回家了。

是真的回家了嗎？

黑虫們帶走的那隻鞋，比平常的鞋小很多，應該只有瘦弱、沒長什麼肉的腳才穿得進去。

恐怕只有沒肉、沒筋、只剩下骨頭的腳，才穿得進去吧？

昌浩又是一陣寒慄，如果剛才沒擊退黑虫會怎麼樣呢？

他觸摸傷口已經癒合的耳朵和臉頰，確認狀況。從指尖的觸感，可以知道肉被咬掉了。馬蜂是肉食性，下顎具有強勁的力量，它們就是靠那個下顎咬破了保護牆。

忽然，高龗神的話浮現耳際。

——樹木枯萎便會導致氣的枯竭，形成污穢沉澱。不斬斷樹木枯萎的根本，就會有東西被污穢召喚而來、聚集在一起。

樹木枯萎就是氣的枯竭，也是污穢的沉滯。污穢相當於死亡，會有東西被召喚而來、聚集在一起。

「被召喚而來的是黑虫……？」

出現了充滿陰氣的虫，還有被虫操縱的骨頭，而骨頭是死亡的象徵。

那是誰的骨頭？

小怪用尾巴拍拍昌浩的背，催他趕快回家。

昌浩先確認目前所在的位置，是在八条附近，差一點就出京城了。

他有點不甘心地閉緊了嘴巴。

「櫻花樹又不會跑掉。」小怪說。

昌浩點點頭，轉過身去。

他們開始往安倍家走，昌浩眨眨眼睛說：「對了……」

在昌浩肩膀上的小怪，默默把視線轉向他。

「高淤神說，是樹木的枯萎阻礙了爺爺甦醒。」

「樹木的枯萎……？」

「是的。」

沿途栽種的樹木，雖然還沒有枯萎，但都委靡不振。昌浩邊唸點咒文祓除那些污穢，邊暗自思索。

樹木的枯萎阻礙了甦醒。

樹木的枯萎召喚著死亡。

樹木的枯萎帶來死亡的循環。

「……」

會被污穢召喚而來、聚集在一起的東西，就是散發出陰氣的黑虫和無數的骨頭嗎？

那麼，把那些東西趕出京城，就能淨化樹木的枯萎，讓氣開始循環，祖父也會醒來嗎？

昌浩仰望天空，臉上的神情凝重。

他覺得胸口鬱悶，幾乎喘不過氣來。他不禁希望有誰可以告訴他，自己的想法究竟有多少是正確的？

「爺爺至少可以出現在我夢裡吧……」

小怪甩一下尾巴說：

「何不試試在夢裡可以見面的咒文？」

百感交集的昌浩微微一笑說：

「嗯……我試試看。」

◇ ◇ ◇

拍翅聲響個不停。

從緊閉的板窗、木門外傳來的重低音般的拍翅聲不絕於耳。

女人豎起耳朵、屏住氣息，傾聽從外面傳來的那個聲音，卻又摀住耳朵不想聽。

男人對蹲著用衣服蓋住自己的女人說：

「沒事、沒事。」

「可是……」

「沒事，不要從這裡出去就行了。」

「可是……」

女人對一再說沒事的男人說：

「那東西是在找我……」

「未必是在找妳。」男人打斷女人的話，又說了一次：「沒事，天就快亮了。天一亮，那東西就不會來了。」

男人這句話，不但是說給女人聽，更是說給自己聽。

女人用淚汪汪的眼睛看著男人。

「可是，到了明天，那東西晚上還是會再來。」

「再來的話，」男人扭曲著臉，把女人擁入懷裡說：「妳就再屏住氣息，躲起來就行了。」

男人把女人的臉按壓在自己的胸口，不讓女人反駁，哀求她說：

「沒有妳，我活不下去，所以我們才逃到了這裡啊。」

女人在男人懷裡虛弱地搖著頭。

沒這回事。

即使沒有自己，男人還是可以活下去。

只是眼前的悲傷太大太深，困住了他的心。

即使自己不在了，悲哀也總有得到療癒的一天，男人就可以向前走了。

女人知道，即使明白這樣的道理，自己還是不能甩開男人的手，是因為自己太軟弱了。

不管怎麼擁抱，女人的身體依然冰冷，男人邊用力抱住女人為她取暖，邊重複同樣的話。

沒事、沒事。

男人抱著女人不肯放手，直到可怕的夜晚結束，早晨來臨。

◇　◇　◇

出門工作的昌浩，忍不住打了個哈欠。

坐在他肩上的小怪，無言地聳聳肩膀。

昌浩感覺到它有話要說的視線，搔了搔太陽穴一帶。

昨晚回到家，他立刻爬上墊褥睡覺。明明不是很累，卻覺得身體很重，好像都沒睡著。

後來顫抖是止住了，但陰氣不只降低了體溫，還削減了生氣。

原本打算今晚去櫻花樹那裡，但在這種狀態下，不管做什麼都可能會失敗。

一到陰陽寮，他就發現寮內一片慌亂。

「怎麼了？」

昌浩歪起脖子，看到一臉蒼白的敏次從前面走過來。

他的氣色比昨天還差。

「敏次大人，早安。」

被昌浩叫住的敏次，停下腳步回應：

「早安，昌浩大人。」

「請問發生了什麼事？」

離開始工作的時間還很久，寮內的氣氛卻很慌亂。

昌浩心想難道是自己搞錯了時間？不禁焦躁起來。敏次為他說明了狀況。

「昌浩大人，你聽說過一隻鞋子的傳聞吧？」

心中湧現一陣寒意，又如泡沫般消逝。

昌浩默然點頭，等著敏次往下說。敏次忽然閉上嘴巴，確認周遭狀況。

他做出「去那邊」的動作，走到屋外。昌浩邊跟著敏次走向渡殿，邊與小怪交換眼神。

一隻鞋、黑虫、無數的骨頭。

給人不祥的預感。敏次僵硬的表情，更加深了那種感覺。

敏次走到不太有人經過的渡殿才停下來。

「你也聽說了那個傳聞吧？」

「是的。」

「看到一隻鞋的貴族，都把自己關在房間裡，最後變成了骨頭。」

昌浩的心跳加快。

敏次壓低嗓門，對臉色發白的昌浩說：

「他們的夫人和傭人，都不知道為什麼會變成那樣。只是一打開房門緊閉的主人的房間，就從裡面飛出了一大群的黑色蟲子。」

據說，數量多得嚇人。敏次似乎想到那個畫面，表情扭曲起來。

「黑色的虫子？」

昌浩喃喃低語，敏次點點頭說：

「好像是。不知道是什麼蟲，傭人把那些蟲趕出去，就看到主人坐在墊褥上，用外褂蓋住全身。一拉開外褂，穿著單衣的白骨就倒下去了。」

無法確定那具骨頭是否真是主人的骨頭，但沒有人進出過那個房間，所以傭人判斷那應該是主人的骨頭。

聽說夫人發出尖叫聲，就那樣昏過去了，到現在都還會做惡夢。

昌浩啞然無言，敏次又接著說：

「老實說，這樣消失的人，據說多達十人以上。」

「……」

昨晚看見的大群黑虫、無數具的骨頭，閃過昌浩腦海。

他下意識地把手伸向臉頰和耳朵，感覺已經結痂的傷口隱隱作痛。

敏次注意到他的動作，發現他臉頰和耳朵的傷口，詫異地張大了眼睛。

「你的傷是怎麼回事？」

「啊……呃，被虫咬到……」

「什麼？被蟲咬到？」

昌浩敷衍地點點頭。敏次恐怕是想成了「蟲」，從他的語氣聽得出那種感覺，所以應該沒錯。

果然，敏次擔心地指向典藥寮，對他說：

「最好去拿個藥吧？我不知道是什麼蟲，不過，應該很大隻吧？」

「是、是啊，很大一隻，害我驅除得很辛苦。」

「會咬人的蟲，想必是很難驅趕。」

昌浩知道兩人的對話有微妙的出入，但還是回他說：
「因為是晚上，所以沒能及時發現有虫子。」
「什麼，那種蟲會在晚上出沒啊？」
敏次喃喃地說那就麻煩了，昌浩疑惑地問：
「為什麼麻煩？」
「是這樣的……」
皇上接獲稟報，說每晚都有妖魔鬼怪出現，所以頒布了聖旨。下令由陰陽寮的陰陽師、檢非違使、衛士等數人，分組輪流在夜晚巡視京城，殲滅妖魔鬼怪，維持京城的安寧。
「還不知道是什麼妖魔鬼怪，所以陰陽頭在今天早上下達命令，要嚴加戒備，並做好應對任何狀況的萬全準備。」
昌浩邊應和，邊暗自思索。
如果這個命令的對象是那些黑虫，那麼，即使有陰陽寮的陰陽師在場，檢非違使與衛士也應付不了，搞不好還會有生命危險。
自己是因為有神將紅蓮保護，才能只受到幾處輕傷。那種虫子，不管怎麼祓除，

也會從其他地方再冒出來，沒完沒了。

看到昌浩表情凝重地思考，敏次以為他是太久沒與妖怪交戰，所以很緊張，便展現出身為前輩的關心。

「放心，有檢非違使和衛士跟著，我們只要專心修祓、降妖就行啦。分組輪流巡視京城，就是這個目的啊。況且，你在播磨也累積了相當的修行成果吧？」

「咦……啊，是的，我想應該是。」

那真的是非常嚴格的修行。可是，昌浩沒有跟他人比較過，所以無法這麼斷言。

敏次臉上帶著苦笑說：

「猜謎比賽時，昌浩大人跟以前相比，顯然有了飛躍性的進步，大家都看出來了。不過，這次是對付妖魔的實戰，我想你應該也知道，可能會有生命危險，所以，我們彼此都要提高警覺完成任務。」

昌浩緊閉嘴巴，默然點頭。

「關於分組，是由陰陽博士分派，人員表已經公布了，貼在陰陽部的牆壁上，你趕快去確認。」

敏次說完就離開了那裡。

等著他的氣息完全遠離的昌浩，聽見激烈的咳嗽聲，回頭看他。
手扶著牆壁的敏次，把身體彎了起來。
敏次看到不由得要跑向自己的昌浩，舉起一隻手向他示意沒事，然後硬是把咳嗽壓下來，強擠出苦笑，像是在說：「好糗啊。」
他的背影說著「我沒事」。所以昌浩覺得，這種時候似乎不可以說擔心他的話。
不論何時，敏次都是這麼認真。
看昌浩滿臉佩服地目送敏次離去，坐在他肩上默不作聲的小怪開口說：
「你也很認真吧？」
昌浩眨眨眼睛，問他為什麼知道？
小怪聳聳肩，對訝異的昌浩說：
「我當然知道你在想什麼，你八成是在想，敏次咳個不停都那麼努力，而自己呢……」
「是、是啊。」
說得沒錯，但是被一語道破，昌浩的心情好複雜。
自己真的這麼容易被看破嗎？正這麼嘀咕時，背後傳來客客氣氣的聲音。

「不好意思……您是安倍昌浩大人吧？」

「啊？」

那是從沒聽過的聲音。

轉過身的昌浩，疑惑地注視著不知何時從後面靠近的男人。

那張臉應該是第一次見到。但是，自己不認識對方，對方卻認識自己，是常有的事，所以這不是重點。

因為安倍晴明的孩子、孫子都很有名。

況且，現在還多了一個「在內親王脩子強烈要求下成為竹三条宮御用陰陽師的安倍晴明的小孫子」的頭銜，所以知道昌浩這個名字的人，比以前更多了。

不過，昌浩的名字在更之前就傳遍大街小巷了。因為他曾經被當成發生在皇宮的殺人未遂事件的嫌犯，差點被抓到時逃掉了，這件事還深深烙印在人們的記憶裡。

有時會有完全不認識的寮官叫住他，問他那時候是怎麼逃走的？逃去哪裡了？他都是隨便搪塞幾句，很快結束談話，但感覺還是很不舒服。

他想會不會又是來問這件事？不禁嚴陣以待。

那個男人似乎在思索措詞，緩緩開口說：

「聽說您現在是服侍竹三条宮的公主殿下……」

昌浩眨眨眼睛，點點頭。

「是的，承蒙公主殿下關照。」

男人鬆口氣，表情緩和下來。原本緊繃、帶著些蒼白的臉，因為放鬆而鬆垮下來。

「我知道不該拜託您這種事……」

「啊……？」

男人對滿臉疑惑的昌浩深深低下了頭。

「我需要您的協助，請救救我妻子……！」

事情發生得太突然，昌浩驚慌失措，不知道該說什麼。

「啊、呃，總之，你先把頭抬起來。」

「求求您，答應助我一臂之力。」

看來，昌浩不答應，他就不會抬起頭。但是，昌浩不能不聽內情，就貿然答應。

不知道該怎麼辦，正覺得困惑時，突然聽見那個令人厭惡的聲響。

吥鏘。

昌浩反彈似地轉過頭去。
傳來聲音的地方，種著幾棵樹，但都毫無生氣，枯萎了。
那些樹的前面有座小水池，他的視線對上了人臉妖怪的視線。

呸鏘。

響起了水聲。
接著，響起微弱的拍翅聲，掩蓋了水聲。
低沉的鳴響聲，似乎近在耳邊。
只移動視線尋找拍翅聲來源的昌浩，驚訝地屏住了呼吸。
低著頭的男人的周圍，有幾隻黑虫飛來飛去。
那些黑虫繞著男人迴旋，沒多久就躲到了他的背後。
拍翅聲靜止了。
男人又聲嘶力竭地說：
「請助我一臂之力，救救我的妻子！」

男人悲痛的聲音裡，帶著走投無路的人才有的急迫感。

昌浩與小怪面面相覷。小怪默默將視線從昌浩身上移到男人背後，嚴肅地蹙起了眉頭。

昌浩望向件所在的地方。

已經不見妖怪的身影。

他暗暗鬆了一口氣。

件的預言一定會靈驗。但是，件沒有宣告預言。

不管它出現的目的是什麼，昌浩的確沒聽見它的預言。

被件的預言困住，就無法逃脫。

昌浩又轉向低著頭的男人，思考了一會，最後嘆口氣放棄了。

「總之……請把事情告訴我。」

「那麼……！」

男人雀躍地抬起了頭，昌浩慌忙搖著頭說：

「我只是先聽聽而已。不知道發生什麼事，我不能回答你幫或是不幫。」

男人沮喪地垂下肩膀，但念頭一轉，心想先把事情說明白也好。

「您肯聽我說，我就很感謝了。」

男人像是在說給自己聽，喃喃說著，喘了一口氣。

「我叫藤原文重，前幾天剛從阿波回來，所以是第一次見到您。」

昌浩點著頭，在心裡暗叫一聲「咦」？

前往阿波國赴任的男人、前幾天剛回來。

好像在哪聽過這麼一件事。

在記憶中搜索的昌浩，想到伊周說的話。

「啊，你總不會是大帥的朋友吧？」昌浩問。

文重點點頭說：

「是的，大帥說要舉辦歡迎我回京城的宴會，我非常感謝他這份心意。」

可是，他嘴巴這麼說，神情卻很黯淡，還越來越陰沉。

「該怎麼說呢……」

文重稍作停頓，像是在思索措詞。片刻後，沉重地嘆口氣，雙手掩面。

「恐怕不方便在這裡說……拜託您，稍後來我家一趟。」

8

昌浩去看公布在陰陽寮牆壁上的巡視編組表，他是被安排在一個禮拜後的晚上。

令人驚訝的是，成親也在編組之中。

「大嫂的狀況不是不太好嗎……」

昌浩低聲咕噥，小怪甩甩尾巴說：

「不能拿妻子的身體狀況當理由吧？況且，他那個人絕不可能把危險的任務推給部下，自己卻悠悠哉哉地躲在安全的地方袖手旁觀。」

如果部下會遭遇危險，他就會在更危險的地方扛起更重大的責任，這就是他的性情。

或許，這就是成親看起來有些吊兒郎當，卻不失人望的原因吧。

「啊，敏次是今天晚上值班呢。」

想起他咳嗽的背影，昌浩有點擔心。儘管他本人堅決說自己沒事，可是，遇到妖魔時，萬一咳起來，反應可能會慢半拍。勝負在一瞬間，只要被看出一點點破綻，就很容易送命。

每幾名衛士與檢非違使，都一定會搭配兩名以上的陰陽師。敏次那一組也一樣。陰陽寮的官僚、檢非違使、衛士，包括昌浩在內，都希望可以平安無事地完成任務。

工作結束時間跟平常一樣，在那之前，必須集中精神做好自己的工作，並學習陰陽生的知識。但昌浩腦中偶爾還是會閃過種種事情，不由得發起呆來。

小怪在昌浩旁邊蜷成一團。昌浩稍微停下手上的工作，往旁邊瞥一眼，看到小怪在那裡。

很久沒看到這樣的光景了。

小怪回歸後，昌浩又開始煩惱少了勾陣這件事。平時，她也會隱形待在附近等候昌浩。

昌浩埋頭抄寫，沒聽見工作結束的鐘聲響起，小怪戳他的肩膀說：

「喂，不是結束了嗎？」

昌浩驚訝地停下筆，環視周遭，看到寮官們都在收拾東西準備回家。有人與他四目交接，招呼他說：「你還不走嗎？」

「你很熱中工作呢。」

「啊，沒有啦，我是沒聽見鐘聲。」

「你是認真到沒聽見鐘聲吧？所以很熱中啊。」

同僚哈哈大笑，昌浩也跟著笑。

雖然只是隨便聊聊，還是稍微療癒了昌浩快被種種事壓扁的大腦。

他邊整理工作的資料、筆記用具，邊思索著什麼。

「去文重府前，先繞去竹三条宮一下吧。」

小怪甩了甩耳朵。昌浩壓低嗓門，用旁邊聽不見的聲音說：

「我想問風音，有沒有見過昨天那種黑虫。」

風音沉著臉，待在竹三条宮的侍女房間。

藤花在她旁邊縫衣服。

雙臂合抱胸前的風音，往寢殿那邊瞥了一眼。

從這裡都聽得見熱鬧的笑聲。今天藤原伊周又來了。

他一來，風音和藤花就必須聽從命令退下，與脩子分開。

「他自以為是來安慰公主，其實是他自己想得到安慰。」
風音知道脩子根本不期待伊周來訪，所以心浮氣躁。
脩子了解舅舅的心情，不論何時都不曾給過他不好的臉色看。
伊周很寂寞，所以想跟擁有共同的往日回憶的人在一起，填補空虛。
風音也了解他的心情，所以平時並不會憂慮到這種程度，問題在於京城的樹木開始枯萎了。
若是污穢再繼續沉滯，帶著灰暗感情、沉重感情、激烈感情的人，就會被這種情感拖著走，心靈扭曲變形，做出平常絕對不可能會做的怪事。
現在的伊周就有這樣的徵兆。
他要舉辦的螢火蟲之宴，時間訂在五天後的夜晚。他今天來，就是為了討論這件事。
是在寢殿偷窺的獨角鬼，把這件事告訴了風音。特地來報告的獨角鬼，又回去寢殿了。現在正和猿鬼、龍鬼，一起待在橫梁上偷聽大家說話。
「宴會那天晚上，我們也要待在房間裡吧？」
藤花停下縫衣服的手，歪著頭問。

風音邊側耳傾聽寢殿的聲音，邊點著頭說：

「恐怕是吧。」

「這樣的話，又要拜託菖蒲照顧公主了。」

藤花喃喃低語，臉上透著寂寞。

儘管命婦對藤花還是很嚴厲，但藤花差不多習慣了。

她漸漸知道什麼事會讓命婦不高興。自從她在做種種工作時，特別注意那些地方後，命婦只會稍微皺皺眉頭，不會再對她大小聲了。

藤花在工作時，都會盡可能小心翼翼地去做每一件事。因為這樣，需要花更多的時間，很容易被當成太過閒散。

最近，命婦越來越常把趕時間的工作交給菖蒲。

脩子早上時的梳洗打扮和早餐，由藤花和風音負責。有客人來時，脩子就會吩咐由菖蒲服侍她。這段時間，藤花就縫縫衣服、整理家具，也就是說越來越常做內務工作。

小妖們都嘀嘀咕咕地替她抱怨，她卻很滿足，因為脩子會穿她做的衣服。

成長期的脩子長得很快，所以身高一變，就要修改或是做新衣服，即便手每天

動個不停，也幾乎追不上她的成長。

但是，對藤花來說，這也是很大的喜悅。

風音看著藤花規律地動著針線，歪著頭說：

「妳真的很厲害呢，因為都交給妳做了，所以我輕鬆多了。」

全都交給藤花做，風音多少有點過意不去。

聽出她話中意思的藤花，瞇起眼睛，搖搖頭說：

「因為有雲居大人隨時警戒，以防公主發生什麼不好的事，我才能放心地做這種工作。」

風音苦笑起來。

她的確有心要防止公主發生什麼不好的事，但是京城的樹木枯萎，不論她再怎麼祓除，還是逐漸逼近。

竹三条宮的樹木有她每天施咒，所以勉強還能保住元氣，但只要走出這座宅院外，就飄蕩著淤滯、沉重的污穢。

為了防止出入宅院的下人們被污穢影響，風音每天睡前都會替他們施法。這麼做是為了在明天來臨之前，祓除他們一整天受到的污染。

從市場回來的下人經常發牢騷，說外面的人的表情都很陰暗，看得自己都沒精神了。宅院外的沉滯已經嚴重到這種程度了。

風音站起來說：

「我去擦拭公主的家具。」

脩子住的主屋，離招待客人的寢殿有段距離，嵬應該正在那裡。以前，命婦曾經被闖入宅院的邪念附身，為了避免邪念或邪惡的東西再闖入，風音佈設了好幾層的結界，但她深切感到即使這麼做也不能完全防堵。

所以她拜託嵬，即使沒有人，也要守護脩子生活起居的主屋。

嵬爽快地答應了，現在應該在梁上嚴密監視。

藤花淡淡以眼神致意，風音回應後，走出了侍女房間。

要不經過寢殿前往主屋，只能下階梯，從庭院走過去。

風音躲在陰暗處偷窺寢殿，看到伊周和幾個像是隨從的男人坐在外廊。

她仔細觀察，發覺他們都缺乏生氣。難道是污穢抹殺了他們的生氣？

這不是他們的錯，整個京城現在都變成這樣了。

風音往皇宮方向望去，臉上泛起了厲色。

過午時後，皇宮派來的使者，帶來了給脩子的回函。

信裡是皇上的筆跡，但脩子愁眉苦臉地說：「墨色很淡，筆跡也很凌亂，看得出來父親的身體狀況不太好。」

她似乎在考慮，要不要進宮探望父親。

但是，在這樣的沉滯中，風音著實不建議她出門去皇宮。如果她真的決定進宮，必須在那之前設法解決污穢的問題。

風音經過庭院走上主屋的階梯，打開木門。風從敞開的上板窗吹進來，是個舒適宜人的空間。

待在梁上的嵬看到風音，開心地飛下來。

『公主。』

「辛苦你了，嵬，有沒有什麼異狀？」

『沒有，沒有任何需要報告的事。』

停在風音左臂上的烏鴉，得意地挺起胸膛。風音撫摸它喉嚨一帶，忽地眨了眨眼睛。

對了，昨晚六合來傳話，說昌浩為了讓安倍晴明醒來，會盡量不要藉助風音的

力量，靠自己努力，但也有可能不得不藉助。頗像昌浩會說的話。

風音回說知道了，六合就回安倍家了。

看到風音眉間蒙上些許陰霾，嵬沉下了臉。看著她成長的嵬，非常清楚心愛的公主在想什麼。

自己就在眼前，她的心卻還是被那個可惡的十二神將占據了。嵬大感掃興，但沒說出來。

即使散發出那樣的氛圍，它也不會說出來。

它詢問風音其他的事。

『公主，妳來這裡做什麼？』

「我來打掃家具，你也來幫忙吧，嵬。」

『是，我很樂意。』

烏鴉啪唦啪唦拍起了翅膀，風音對著它苦笑。

藤花停下縫衣服的手，呼地喘口氣。

神經繃得太緊，用力過度，肩膀都僵硬了。

她放鬆緊繃的身體，伸展手臂，深深吸口氣。

新衣服就快縫好了，是夏天的衣服。

這是命婦臨時買回來的布，要趕在這次的宴會穿。

這塊布的料子薄、通風，顏色柔和，很能襯托出脩子的肌膚。連選擇布這麼一件事，都可以強烈感受到命婦對脩子的愛。

「快要完成了……」

藤花打算在伊周他們停留的這段時間完成，又開始動手縫衣服。

這時候，忽然察覺有人的氣息。

腳步聲逐漸靠近。

那不是風音。好像也不是這座宅院的人。從走路的方式，可以感覺出是不認識的人。

就在藤花放下正要繼續縫的衣服，把針插在針包上，躲進屏風後面，這時有人走到房間前面站住了。

停在房間前面的人，似乎聽見了衣服的摩擦聲，往房間裡面窺探。

沒多久，響起了從沒聽過的聲音。

「請問在裡面的是這座宅院的侍女嗎？」

是粗獷的男人聲音。

藤花驚恐地縮起身子。怎麼辦？該不該回話呢？可是，這裡除了自己外，沒有其他人在。上板窗敞開著，外廊與房間之間只隔著一道薄薄的竹簾。

她掩著嘴巴，拚命屏住氣息。

「妳再躲也沒用，衣服下襬從屏風後面露出來了。」

她驚訝地察看，果然如男人所說。

她慌忙把下襬拉進來，但已經太遲了。

站在竹簾前的男人，似乎坐下來了。

「啊，請放心，我是服侍大師的人，名叫……」

男人稍作停頓，可能是想到什麼，沒再往下說。

接下來的沉默，對藤花來說既漫長又可怕。

心跳聲在耳裡喧鬧地響個不停。

她屏住呼吸，一心祈求男人趕快離開。

過了一會，男人用溫柔的聲音說：

「我聽在這裡工作的人說，公主最喜歡的侍女長得非常漂亮，所以很希望可以見她一面。如果妳是那位侍女大人，請繼續躲在屏風後面不要出來。如果不是，請從屏風走出來，告訴我妳是誰。」

藤花咬住了嘴唇。

不管怎麼選擇，結果都一樣糟糕。讓他斷定自己就是脩子的隨身侍女，或是告訴他自己是其他的什麼人，對她來說都一樣。

不論藤花選擇哪一邊，男人都會取得想得到的關於她的資料。然後，他既然是伊周的隨從，今後也會常常來這座宅院。

更可怕的是，這個享受談判樂趣的男人，很可能改變主意，突然撥開竹簾，鑽進房內。

這麼一來，她就逃不掉了。

藤花按著掛在衣服裡面的香包，絞盡腦汁想對策。

如果小妖們在就好了。

「侍女大人……」

男人還要繼續糾纏時，響起了清澄的聲音。

「哎呀，秀則大人，我到處找您呢。」

藤花倒吸了一口氣，是菖蒲的聲音。

「大師說差不多該走了，請快跟我來。」

「喲，是菖蒲大人啊，有勞妳了。」

「哪裡……」

聽著他們的腳步逐漸遠去的藤花，呼地喘了一口氣。

這時才開始發抖，控制不住雙手。

那個伊周的隨從，好像是叫秀則。

想到如果菖蒲沒來找他的後果，藤花又是一陣毛骨悚然。

雙手環抱自己的藤花，聞到一股淡淡的香味。

「……」

她動動嘴唇，喃喃叫喚著某個名字，做了個深呼吸。

這時候，小妖們蹦蹦跳跳地從外廊走過來，開心地衝進房裡。

「藤花，伊周他們回去了。」

「妳怎麼了……？」

「臉色很蒼白呢，還好吧？」

小妖們一個個跑進來，輪流盯著她看。她想對小妖們笑，但她知道自己失敗了。

猿鬼把臉湊向她說：

「喂、喂，妳為什麼一副快哭出來的樣子？」

「沒什麼，只是受到一點驚嚇……」

「什麼驚嚇？」

獨角鬼蹙起了眉頭。藤花擠出僵硬的笑容，輕搖著頭說：

「不是什麼大事，真的只是稍微嚇到而已……」

「是嗎？」

龍鬼懷疑地瞇起眼睛，歪起脖子。

「啊，對了，為了做準備，在宴會之前，伊周的隨從每天都會來。」

「咦……？」

藤花的表情明顯緊繃起來。

小妖們面面相覷，覺得藤花不對勁。

「喂，怎麼了？只要妳不嫌棄，我們願意聽妳說任何事。」

「對啊對啊，如果妳覺得我們不可靠，我們就去叫風音來。」
「然後再去把昌浩找來。」
快哭出來的藤花，對著你一言我一語的小妖們猛搖頭。
猿鬼與龍鬼相互使個眼神後，猿鬼走出了房間。應該是去叫風音了。
藤花好幾次要開口說什麼，又沉默下來，半晌後才說出了一句話。
「不要告訴昌浩……」
龍鬼和獨角鬼眨了眨眼睛。藤花用硬擠出來的聲音重複說著：
「不要告訴昌浩，拜託你們。」
被藤花用無助的眼神懇求，小妖們疑惑地彼此對看，勉為其難地點點頭。
這時候，猿鬼帶著風音來了。
「藤花大人，有什麼事嗎？」
藤花想對詫異的風音說沒什麼事，卻不知如何啟口。她驚訝地發覺，看到風音的臉，她的心情就平靜下來。
風音似乎看出了什麼，對小妖們說：
「公主已經回到主屋，正在看繪本，你們去陪她吧。」

「知道了。」

風音等著乖乖回應的小妖們走出去，直到氣息完全消失。

這時候，十二神將六合現身了。

「六合……」

藤花張大了眼睛，六合疑惑地看著她。

「你一直在這裡嗎……？」

「沒有，我剛從異界過來。」

「你一直待在異界嗎？」

沉默寡言的鬥將點個頭，回應風音的詢問。

昨晚，把昌浩的話轉告給風音後便回到安倍家的六合，被待在生人勿近森林裡的天空翁叫去了。

負責統領十二神將的老將開口問他，可不可以把神氣分給恢復得比較慢的同袍。

據天空說，最先想到要這麼做的是待在吉野的天后。但是，在擁有戰力的神將當中，她的神氣最弱，有神氣被連根拔除而倒下的危險。

太裳阻止了她，來找天空商量。太裳說撇開天后不談，這倒不失為一個好主意。

天空接受了他的建議，心想若是鬥將六合，把神氣分給同袍，應該不會造成太大的影響。

神氣比六合強的青龍，以及神氣比六合弱一些的朱雀，都還沉睡不醒。

六合一靠近他們，神氣就被無止境地吸走了。可能是因為處於無法控制意志的狀態，六合的神氣在短時間內喪失殆盡。

玄武、天一、白虎靠近他們就沒什麼事。可能是因為青龍和朱雀知道，他們也都還很虛弱，所以本能會下意識地控制自己。

事實顯示，當神將中唯一沒受傷的六合一出現，他們的下意識就失控了。這時六合第一次嘗到，神氣被強行剝奪的滋味。

同袍們就是像這樣，在尸櫻森林被奪走了神氣。

不過，神將們與那個世界的邪念不同，沒有吸到連同袍的命都奪走的程度。當六合搖搖晃晃地跪下來時，神氣就停止流動了。

他對擔心他的玄武和天一說不用擔心，但有好一段時間都不能動。

玄武和天一向他簡短報告了青龍他們的狀態，以及待在吉野的天后等人的情況。

聽完報告又過了好一會，六合才能站起來。

平時，異界有獨特的氣在循環，現在完全靜止了。

六合心想繼續待在異界，恐怕也無法恢復神氣，便降落人界，前往貴船。

儘管樹木枯萎已經波及貴船，但貴船是神域，氣比京城濃烈，失去的神氣應該可以恢復到某種程度。

為了慎重起見，他先取得貴船祭神的同意才進入神域，所以沒有觸怒神。

果然如預期，貴船的氣彌補了六合的神氣，加速了復原。

但還沒完全復原，六合就有種莫名的不祥預感，便離開了貴船。

復原得非常緩慢的勾陣，說不定在貴船待幾天，狀況就會有明顯的改變。

六合剛剛才回到安倍家。他向天空報告事情經過，並提議讓勾陣去貴船，之後就來這裡了。

據天空說，想辦法要讓晴明甦醒的昌浩，是在六合去找風音後沒多久就回來了。

他沒有去目的地的櫻花樹那裡，就折回來了。

天空說他出京城前，遇上了從未見過的妖怪，碰觸到陰氣，靈力和體溫都被奪走了。

聽說是像黑色馬蜂的黑虫，好不容易擊退了那些虫，但小怪判斷，在那之後直

接去櫻花樹那裡太冒險了。

想必昌浩是很急著要去，能夠聽從小怪的建議，改天再去，可見他已經可以冷靜地分析狀態，掌握自己的狀況了。

但因為有藤花在，所以六合沒說得太清楚，打算等藤花不在的時候，再清楚告訴風音。

他說了其他的事。

「聽說命婦拜託昌浩施行召喚螢火蟲的法術。」

出乎意料的話，讓藤花疑惑地猛眨眼睛。

「咦……？為什麼……」

「伊周說會準備螢火蟲，但命婦交代昌浩，如果到時候伊周做不到，就用陰陽師的法術召來螢火蟲。」

然後，他又補充說明：

「昌浩不會那種法術，但聽到命婦說不要去抓賀茂川的螢火蟲，改抓貴船的螢火蟲，他就一口承諾一定會把螢火蟲召來這座宅院。」

藤花的眼眸大大搖曳，但沒有哭出來。

她確認似地、仔細體會似地，一再緩緩點著頭，取代了哭泣。
「是嗎……」
貴船的螢火蟲。
她雙手按著胸口，閉上了眼睛。
「是嗎……昌浩那麼說嗎……」
藤花知道昌浩在想什麼。她確定自己一定知道。
因為他們的想法是一樣的。
看到臉色蒼白的藤花，臉頰逐漸紅潤起來，風音才鬆了一口氣，心想她剛才到底受到了什麼打擊呢？竟然會震撼到想假裝平靜都做不到。
風音決定稍後再問她。
這時候，有一般人聽不見的腳步聲逐漸靠近。
有靈視能力的藤花、神將、神的女兒，都往那裡望去，看到龍鬼從渡殿跑過來。
「喂、喂，藤花！」從竹簾下面鑽進來的龍鬼，興匆匆地對藤花說：「公主在叫妳，叫妳去跟她一起看繪本。」
「嗯，我馬上去。」

正要站起來時，她想到還沒做好的衣服和針線。只差一點點了，卻被突發的事情阻礙了。

藤花決定明天再繼續縫，正要把衣服收起來時，被風音阻止了。

「我來收，妳快點去公主那裡。」

「是，那麼我走了。」

笑著回應的藤花，跟龍鬼一起離開了房間。那個笑容跟剛才不一樣，是真的發自內心。

風音看到六合似乎想說什麼，覺得很詫異。

但他還沒開口，就有個身影先映入了風音的視野。

那是從庭院走過來的昌浩。

六合循著風音的視線看到昌浩，就點個頭隱形了。

昌浩看到掀開竹簾走出外廊的風音，安下心來似地放鬆了表情。

9

昌浩一到竹三条宮，就先被命婦找去了。

被問到召喚蟲子的事辦得如何，他回說正在看祖父的書，研究法術。

他沒說謊。他是真的有把書從頭翻到尾，尋找要用的法術，只是最後偏離了初衷，把正事忘光光，所有注意力都轉移到召魂術上了。所以他內心其實很慌張，心想得趕快找到召喚蟲子的法術才行。

從命婦那裡得到解放後，昌浩沮喪地垂下了肩膀。

兩邊都很重要，但若要說哪邊應該優先，當然是命在旦夕的祖父。

如果會使用所有的法術，就不必為這種事煩惱了。

「我要更用功才行。」

昌浩由衷低喃，小怪默默點著頭。

負責帶路的侍女菖蒲，被問到雲居住在哪裡，笑著偏起頭說：

「昌浩大人，您不只跟藤花大人很熟，跟雲居大人也很熟呢。」

在旁邊的小怪，耳朵抖動了一下，覺得這句話有問題。

但昌浩可能滿腦子都想著要在宴會前找出召喚螢火蟲的法術，對她說的話沒有多加揣測。

「這個嘛，該怎說呢……就像是姊姊吧。」

說出口後，連他自己都覺得驚訝，居然可以說得這麼順口。

他們曾經敵對，昌浩把她當成仇人，對她深惡痛絕。是她至今以來的種種行為與用心，解開了昌浩的心結。

至於是不是完全釋懷了？老實說，回想起來，還是會有一點疙瘩，但疙瘩也變得非常小了。

昌浩暗自期待小怪也是這樣。但小怪受到的打擊更加嚴重，所以恐怕沒那麼容易想得開。

菖蒲回說應該是在侍女的房間，昌浩向她道謝，便從庭院往那裡走了。

走在昌浩旁邊的小怪，沉下了臉。

昌浩察覺，疑惑地問：

「小怪，你怎麼了？」

小怪抬頭看著他，嘴巴苦得像咬到了苦蟲，夕陽色的眼眸炯炯發亮。

「沒什麼……」

昌浩訝異地看著搖搖頭的小怪，但沒再追問。

小怪甩甩長尾巴。

它心想既然昌浩沒聽出什麼，就沒必要刻意去提，它只是被那句有弦外之音的話惹毛了。

「她在那裡。」

昌浩指向前方。從房間走出來的風音，正對著他們輕輕揮手。

「今天怎麼會來呢？」風音問。

昌浩把昨天的事大略說了一遍。

說著說著，就看到風音的表情越來越凝重。

她用手指按著嘴唇，低聲嘟囔：

「黑虫……」

很少看到她的臉這麼陰沉，昌浩的表情也跟著緊繃起來。

六合現身在微閉著眼睛像是在沉思的風音身旁。

「六合，你在這裡啊？」昌浩問。

六合眨個眼睛，默然點頭。

小怪疑惑地偏起了頭。它覺得沉默、沒表情的同袍，似乎瞄了它一眼。

風音往階梯走，在那裡坐下來。昌浩坐在矮她幾階的地方，抬頭看她。

怕坐在她旁邊會惹來麻煩，所以昌浩有所節制。

剛才菖蒲說的話，昌浩完全聽出了其中含意，只是覺得當下做出什麼反應，會把事情搞得更複雜。

而且，也可能讓小怪增添不必要的煩惱。

他心想只要自己表現得體，漸漸地就不會有人再說閒話了。

最好的辦法是向大家宣告：「她有最愛的人了，所以我跟她之間沒什麼。」雖然那個對象並不是「人」。

他知道這個解決辦法不可行，所以不會說出來，但這麼做最有效、最具說服力，也是事實。

「騰蛇。」

六合用眼神叫小怪跟他走，自己先跳上了屋頂。

小怪瞥昌浩一眼，也跟在同袍後面跳上去了。

神將們輕盈地跳上了屋頂。漫不經心地用眼睛追逐著他們的昌浩，聽見風音用低沉的嗓音對他說：

「難道是沉滯具體化了？」

昌浩表情僵硬地說：

「嗯，我也這麼想。」

點著頭的昌浩，右臉頰和耳朵都有被虫咬過的痕跡。一直看著那些傷痕的風音，眼神泛起了厲色。

「對不起，冒犯了。」

她伸出來的手指，停在快碰到傷口的地方。

把手那樣擺著不動的風音，嘴裡唸唸有詞，啪嘰彈了一下手指。

昌浩彷彿聽見從傷口傳出了彈指之外的聲音，驚訝地張大了眼睛。

感覺有溫溫的液體從臉頰、耳朵流下來，他慌忙伸手去摸。

已經結痂的傷口又裂開，流出血來了。

「怎麼會突然這樣？」

昌浩慌忙摸索放在懷裡的手帕，風音制止他，把放在自己懷裡的懷紙遞給他，用僵硬的語氣說：

「裡面藏著很小、很小的虫。」

「咦？」

接過懷紙按住傷口的昌浩，不禁啞然失言。

印有淡桃色圖案的高級懷紙，似乎薰過香，飄著淡淡的香氣。

是伽羅香。

昌浩想到，風音不讓他用自己的手帕，把懷紙遞給他，原來是這個理由。

香具有驅邪除魔的效用。

藏在昌浩傷口裡的虫，已經被殲滅了，但風音是顧慮到可能還有虫氣殘留。

即便有虫氣殘留，也可以靠香的力量，徹底清除。

「我完全沒發現……」

雖是自己的身體，卻渾然不覺。

昌浩懊惱地低嚷，風音搖搖頭說：

「大半不會察覺，因為還是孵化前的卵。」

風音這句話的內容太震撼了，昌浩聽完後恍然大悟，咬住他的黑虫刻意把肉咬掉挖個洞，原來是為了這個理由，令他不寒而慄。

如果一直沒察覺，虫鑽進自己的皮膚裡孵化了，會怎麼樣呢？

昌浩想都不敢想。

「如果是我遇到同樣的狀況，恐怕也被咬了。因為忙著把虫剝掉，應該不會注意到被植入了很小的卵。」

現在會察覺，是因為在京城裡，這裡算是保持得特別清淨，所以才能察覺沉滯在臉頰、耳朵附近的微弱陰氣。

「是嗎……可是……」

即使是這樣，自己也必須察覺。

風音知道昌浩的不甘心，拍拍他的肩膀說：

「騰蛇比誰都注意你，連他都沒察覺，你就更不可能了。最好不要以為自己什麼都做得到，不然哪天就會出現破綻。」

關於黑虫的事，風音也是第一次聽說。在這之前，她好幾次在京城的夜晚外出，祓除污穢與沉滯，但從來沒有遇見過。

在皇宮裡甚囂塵上的傳聞，風音也是前幾天聽藤原伊周提起才知道。後來怎麼樣了，也是現在聽昌浩說才知道。

昌浩雙手交握，臉色沉重地說：

「從今天晚上起，陰陽寮的陰陽師要與檢非違使、衛士組成一隊，在京城巡視。」

風音的表情緊繃起來。即便是陰陽師，被大群黑虫攻擊也應付不了吧？

「還有，妳把我們幾個人送回人界時的事。」

「哦，」風音點點頭，歪著脖子說：「你說那是召魂術，但是，我想最接近你想做的法術，應該是叫魂術。」

昌浩眨眨眼睛，拍手說：

「對哦，不是召喚，是叫喚……」

「對，我做的法術也是類似叫魂術。」

叫魂術又稱為招魂術。

這個法術原本是用來叫回死者的魂。當有人死亡，就爬到那戶人家的屋頂上，邊揮舞死者穿過的衣服，邊大聲呼叫死者的名字。

以前的人相信，這麼做可以把徘徊的魂叫回來，但是，真的那麼做，也很少能

讓死者活過來。據說是透過這樣的行動，來表現遺族不惜這麼做也要把前往幽世的死者拉回現世的心願。

陰陽師的法術，真的可以把魂拉回來。不過，對象只限於壽命未盡的人。不去碰觸與天命相關的死亡，是陰陽師之間的默契。

在尸櫻的世界，晴明的壽命未盡。他的情形顯然是種種要素盤根錯節，扭曲了原來的天命。

還有陰氣充斥而轉為陽氣的瞬間湧現的爆發力。

昌浩施行的法術，不是讓晴明甦醒，而是讓時間倒轉，回到被尸櫻吞噬之前，可以說是因為這樣才能成功。

完全的返魂術、招魂術，是安倍晴明也還沒碰觸過的領域。

不過，祖父應該做得到吧？只是不做而已。

祖父絕對不會做扭曲世間哲理的事。

與晴明成為對照，選擇扭曲哲理的人，最後是什麼下場，昌浩非常清楚。

他想起在尸櫻世界做的夢，看看自己的右手掌。那裡有忘不了的觸感。

「借用櫻花樹的力量，能再回到那個世界嗎？」

昌浩喃喃說著抬起頭，看到沉默的風音的嚴厲眼神，不由得驚慌失措。

難道是自己說錯了什麼話嗎？

風音看到昌浩那個樣子，眨眨眼睛說：

「啊，對不起，我有點恍神，沒聽到你說什麼。」

原來是這樣啊，昌浩鬆了一口氣。

她那張秀麗的臉龐，嚴肅時看起來很可怕。不是人類可以比擬的可怕。給昌浩的感覺，就像神將們激動起來的時候。

「我在想，借用櫻花樹的力量，說不定可以把爺爺他們叫回來。」

風音瞇起了眼睛，似乎在思索什麼。

「如果那裡還留著晴明大人等人的什麼東西，或許會有某些成果……」

問題就在這裡。

昌浩陷入沉思。

風音一個字一個字確認昌浩說過的話。

「高淤神說是樹木的枯萎阻礙了晴明的甦醒？」

昌浩點點頭。

「那麼，先祓除京城的污穢，再對尸櫻的世界施法，可能會比較順利。若是氣不循環，而是死亡在循環，那麼，不管怎麼叫喚都很難回來。」

死亡是停滯。

風音是順著氣的循環，把昌浩他們叫回來的。在尸櫻徹底枯萎的那個瞬間，若不是昌浩把時間倒轉回去，她大概也無計可施了。

「無論如何，最好趕快採取行動。不管是晴明大人那件事，或者是巡視京城那件事。」

「我知道了。」昌浩回應後站起來。「總之，要在開始巡視之前，想辦法處理污穢。」

「要不要我幫忙？」

「風音，我希望妳可以強化皇宮和這裡的防守。我聽說皇上的身體狀況還是不好，也擔心公主殿下的安危。」

然後，昌浩環視庭院一圈，確定樹木是否都還活著。有風音在，所以都沒問題。

「還有，在行動之前，我要先去一個地方。」

昌浩說完就要走了，風音叫住他說：

「你不去見藤花嗎？」

正要轉身離去的昌浩，停下腳步，嗯嗯沉吟了一會說：

「在找出召蟲術之前，先不見她。」

「是嗎？」

「我知道她不會有事。」

昌浩又接著說因為有你們在，風音對著他苦笑。

「說得也是。」

忽然想起藤花剛才心神不寧的樣子，風音猶豫著該不該告訴昌浩。

正在考慮時，昌浩往屋頂叫了一聲：

「小怪，走啦！」

把頭探出屋頂外的小怪點點頭，又轉向後面，對六合說了一、兩句話。

說完便輕盈地跳下來，降落在昌浩肩上。

昌浩向風音揮手道別，從庭院走向大門。

出馬路時，天空已經微暗。最近都是陰天，所以很難判斷時間。

他把離開陰陽寮的時間告訴了文重，約好那之後去他府上。

所以必須趕過去。

地點在九条靠東邊郊區，是棟老宅院。文重說只是先暫住在那裡，正在考慮要翻新，還是要另外找一棟適合居住的地方。

要做的事太多了。

昌浩邊走向九条，邊問肩上的小怪：

「六合說了什麼？」

「好像有不少事讓他煩心。」

「你也總括得太粗略了……」

小怪搔搔耳朵一帶說：

「為了讓同袍們恢復神氣，六合一個人盡了最大的努力，但力有未逮，靠貴船的力量才補回了神氣，句點。」

「說得太簡略，聽不太懂。」

都照實說了，還是不行？

「他說只要去貴船，說不定勾陣也會復原。等解決污穢這件事後，要勸勸她。」

「我不懂，既然那麼做比較好，何不那麼做呢？」

「那不是我說的，是六合說的。因為是他說的，所以才可靠吧。」
「可是，到時候是小怪去勸吧？」
「六合比我更有說服力吧？」
若是由什麼都不做也能恢復到一定程度的小怪來勸她，她會堅決地說自己也沒問題，絕對不可能行動。
「啊，說得也是。」
點頭表示同意的昌浩，忽然放慢了腳步。
「怎麼會這樣……？」
空氣突然變得沉重。
以某個地方為界線，沉滯急劇增強。
昌浩回頭看來時路。
他是從脩子居住的竹三条宮，直直往南走到這裡，就在剛過萬里小路與梅小路的交叉口附近。
文重的住處，真的是在京城的邊緣。昌浩覺得很奇怪，文重曾當過諸國首長，怎麼會選在這麼不方便的地方呢。

每前進一步，沉滯就更濃烈。

越過八条，進入九条。

沉重的壓力更強大了，連沉滯都看得見，而且呼吸困難。

昌浩掩住了嘴巴。

「居然……到這種程度……」

神情緊張的小怪對啞然失言的昌浩低嚷：

「喂，昌浩，你不是時常祓除京城的污穢嗎？」

「我是啊！」

十天前，他才剛坐著車之輔，繞了京城一圈。在幾個地方設置要點，用法術把畫好的線連接起來，圍住整個京城，還唸了修祓的咒文。

「從前鬼門到後鬼門的流通都考慮進去了，若是失敗馬上就會知道。」

法術完成後，他又繞京城一圈做了確認。法術成功，污穢被祓除了。雖然樹木的枯萎很快又使氣枯竭，帶來沉滯，但當下確實成功了。

況且，才短短十天，沉滯就加劇到這種程度，太不正常了，令人不寒而慄。

昌浩覺得衣服下的肌膚都起了雞皮疙瘩，下意識地搓著手臂。

「這情形太詭異了……」

這麼喃喃自語的昌浩，腦中忽然閃過一個想法。

沉滯是陰氣，陰氣是死亡。

充斥這一帶的是死亡的氣息。

越往前走，住家就越少，映入眼簾的是荒蕪的草地。

被頹圮的圍牆包圍的宅院，庭院雜草叢生，牆上藤蔓攀爬，從大門到房屋入口的通道被草掩沒，沒那麼容易進去了。

有些草稍微被撥開的地方，可能是野獸出入的通道。

來到這附近，已經看不到無家可歸的流浪漢，或是四處為家的夜賊了。雖然可以遮風避雨，但太過荒涼，可能連他們都覺得陰森而不敢靠近。

沒事要辦的話，昌浩也不想在這個時間來這裡。

不可思議的是，完全入夜後，反而沒那麼可怕。

一般認為，白天與黑夜之間的時間狹縫最危險。

昌浩緩緩走在兩旁是荒地或無人宅院，且路面凹凸不平的道路上，嚴重的沉滯令他呼吸困難。

他一直掩住口鼻前進，終於在一排無人宅院中，找到一棟有人的氣息的建築物。

「是這裡……？」

昌浩茫然低喃，不由得往後退。

那棟宅院快毀壞的大門有修繕過的痕跡。從大門到房屋入口的通道，也割過草，可以走過去。牆壁也做過修繕，以防被人看見裡面。

但是，昌浩覺得，這裡的陰氣比剛才經過的任何地方都濃烈，整棟宅院也比黑夜更昏暗。

他很不想進去，可是不能不進去，因為答應過對方。

把嘴巴緊閉成一條線的昌浩，踏入了大門內。

文重出來迎接來訪的昌浩。

屋內與荒廢的外觀不同，比較有經過整理。

但沉滯更加嚴重，不時引發暈眩。

小怪看起來也有些痛苦。可能是被陰氣的濃度、重量纏身，它不停地甩動尾巴和耳朵或是跺腳，掩不住焦躁。

「安倍大人，你能來真是太好了……」

今天早上才在皇宮裡見過面的文重，臉好像比那時候老了十歲，只有眼睛閃爍著光輝。

「請這邊走……」

被請入屋內的昌浩，有點害怕地走在文重後面。

為了預防隨時有事發生，他在袖子裡面結手印，悄悄確認懷裡有幾張符。

全部共有兩張驅邪除魔的符、一張止血符、一張止痛符、一張禊祓符。

臉頰和耳朵的傷彷彿又隱隱作痛，昌浩皺起了眉頭。

血止住了、也不痛了，但他就是莫名地在意。

坐在昌浩肩上的小怪，耳朵抽動了一下。長長的耳朵豎起來，夕陽色的眼眸瞪視著裡面。

小怪看的是文重前進的方向。

文重在可能是房子最深處的地方停下來。

「安倍大人……」背對著昌浩的文重，突然開口說：「你曾經失去過很重要的人嗎？」

這句話問得太突然，昌浩一時答不上來。
不知道文重是如何解讀他這樣的反應，緩緩地搖著頭。
就在這時候，昌浩聽見從某個地方傳來了暗沉的鳴響聲。
「今年冬天，我差點失去最重要的人。」文重把手搭在前面的木門上，呻吟般接著說：「我怎麼樣都不想放手，所以……我扭曲了哲理。」
「……」
昌浩的胸口怦怦狂跳起來。
他說他扭曲了哲理。
不會吧？
文重緩緩回頭看著倒抽一口氣的昌浩，笑得臉部歪斜變形。
「我不會祈求你的諒解。這件事都怪我不肯放手，她並沒有錯。」
然而，扭曲哲理必須付出代價。
「我帶著她逃到了這裡……我以為逃到這裡，追兵就會死心。」
但他想得太簡單了。
昌浩的心臟跳得很不正常。

暗沉的鳴響聲越來越洪亮。

那是拍翅聲。

就在聽出是什麼聲音時，駭人的寒意襲向了昌浩全身。

他覺得一陣暈眩。只要被陰氣吞噬，生氣就會在瞬間被榨乾。

他們旁邊的板窗，啪噠啪噠晃動。狀似黑煙的東西，發出暗沉的鳴響聲，從縫隙鑽進來。

小怪迸發出鬥氣，把那些東西炸飛出去。

文重當場蹲下來，掩住了臉。

「你這傢伙是打算把昌浩交給它們嗎！」

小怪的怒吼聲劃破了空氣。

鉸鏈鬆脫的板窗被鬥氣的爆風吹走，成群的無數黑虫一擁而入。

◇　◇　◇

10

在竹三条宮主屋看繪本的脩子，正在跟藤花、小妖們討論，故事接下來會怎麼樣。

風音獨自坐在廂房，靜靜地看著這般祥和的光景。

十二神將六合隱形待在她身旁。

為了不讓脩子他們聽見，風音壓低嗓門說：

「這裡沒事，你去昌浩那裡吧。」

神氣顯現回應的氣息後便消失了。

或許是自己想太多，風音覺得停在梁上的烏鴉心情大好。

她叨唸一聲「真是的」，苦笑著瞇起了眼睛。

前幾天，她拜託嵬去了一趟道反聖域。

在尸櫻世界為什麼必須守護那棵櫻樹呢？

風音小時候被剝奪了記憶，與母親度過的時間非常短暫，必要的知識都是來自母親之外的其他人。

關於道反聖域或安倍晴明，她都只取得被扭曲的資訊。但除此之外，靈術、神域、妖魔鬼怪等所有相關知識，都十分精準。

在她恢復記憶回到道反聖域後，父母親也都對她擁有的知識感到驚訝，所以絕對不會錯。

而這些知識中的一部分，是人類不可能知道的。

風音是道反大神的女兒。從這點來看，她知道人類所不知道的神的領域的事，也沒什麼稀奇。

然而。

直到現在，她都還時常會做夢。

夢見獨自一人冷得發抖，抱緊膝蓋。

夢見不得不活在被扭曲攪亂的命運中，眼神陰沉頹廢的自己。

夢見身旁有雙頭烏鴉，默默注視著她。

雙頭當中，有一個頭的眼神很可怕。另一個頭總像是在忍耐什麼、焦慮什麼，用深邃、激情的眼神盯著風音。

那隻烏鴉現在正停在梁上，愉悅地看著脩子他們。

風音在膝上握起拳頭，剎那間閃過非常陰暗的眼神。

竟然有她不知道的事。

那個世界的櫻樹，吸取邪念開出紫色櫻花的那棵櫻樹，已經沾染魔性的那棵櫻樹，為什麼還要持續獻上活祭品？

嵬說道反女巫小心謹慎地做了回答。

世上的所有一切都相互連結，一個世界發生了什麼事，在經過時間差後，影響便會擴及所有的世界。

其中一個世界毀滅了，便會危及其他世界。為了避免這樣的事發生，必須保護那棵沾染了魔性的櫻樹。

而且，不單是這樣。

沾染了魔性的櫻樹，在沾染魔性之前，背負著重要任務。

櫻樹枯萎，櫻樹所背負的任務被解除，那個世界便會走向崩潰。

之後，總有一天會蔓延到人界。

不能讓櫻樹枯萎。櫻樹隱瞞著無法以言語表現、無法說出口的東西，守護到現在。

在飄落堆積的花瓣下，有那個世界的人幾乎不知道、連橫行於那個世界的邪念

也不知道的東西，被櫻樹的花朵藏了起來。

道反女巫避而不談那是什麼。她必須這麼做。

「……」

風音雙手交握，發出沉重的嘆息。

那個世界很危險。昌浩的臆測或許是對的。

風音做的夢，在此產生了連結。倚靠著那棵紫色櫻樹，注視著紛亂飄舞的花飛雪的那個身影，就是留在那個地方的安倍晴明。

那是魄？是心？是魂？或是其他什麼？風音無法判斷。

說不定神將們為了保護那個晴明，正靠著游絲般的微弱連結，將神氣注入了那個地方。要不然，無法解釋他們的回復為什麼會那麼遲緩。

恐怕這才是安倍晴明沒醒來，以及神將們失去的神氣無法復原的理由。他們還在那個世界，竭盡全力地守護著什麼。

唯有騰蛇雖與那個世界相關聯，卻幾乎沒事，因為它把大部分的心思都放在昌浩身上，而不是晴明身上。

然而，騰蛇也未臻完善，證明騰蛇與晴明之間仍有羈絆。

風音更深入思考。

即便有晴明他們的力量，向那棵櫻樹聚集的邪念散發出來的污穢，也會在不久後吞噬那些力量，使那些力量布滿陰氣。

等失去安倍晴明這個最後的堡壘，被邪念覆蓋而充塞魔性的櫻樹，便會失去所有生氣，逐漸枯萎。

這麼一來，那棵巨木將承受不了自己的重量，崩毀倒塌，櫻花世界也會隨之毀滅。也有可能不會毀滅。死與生緊緊相鄰。毀滅的東西，會在那一瞬間，重生為全新的東西。

但是，世界本身要被重新建構，或轉變成其他形式，需要十分漫長的時間。

而且，晴明他們萬一被捲入那場毀滅，就肯定再也回不來了。

風音想起在吉野那個地方，緊緊陪在主人軀體旁的太陰。

以前，嵬總是守護著必須在絕望中獨自生存的自己。或許，現在的太陰就跟當時的嵬一樣吧。

她壓抑著不知道要等多久的焦躁與不安，等待晴明的甦醒。一句話也不說，眼睛也不看其他東西，只是一心一意地等待著。

必須在晴明被捲入那個世界的毀滅之前，趕快採取行動。

「喀……」

忽然傳來劇烈的咳嗽聲，把風音從思考的深淵拉回現實。

她看到原本開開心心看著繪本的脩子，雙手掩嘴咳得很厲害。一旁的藤花很擔心，輕輕搓著咳到很難過的脩子的背部。沒想到咳嗽遲遲不止，脩子顯得非常痛苦。

過了好一會，臉色蒼白的脩子，邊喘氣邊按著胸口說：

「啊……好難過。」

看到脩子的額頭冒著冷汗，藤花拿出了白色的布。當她輕輕按壓脩子的額頭時，猿鬼端來了一個容器，裡面裝著從盆子舀來的備用水。

「來，最好喝點水。」

「謝謝。」

脩子乖乖接過容器，慢慢喝下一口水。似乎還有咳嗽卡在喉嚨裡，她怕吞得太急會吐出來。

呼地喘口氣後，脩子按著鎖骨一帶，稍微清了清喉嚨。卡在那裡的東西，漸漸滑入了體內。

「嚇我一大跳，突然咳起來。」

脩子的表情像是真的嚇壞了，臉色發白的藤花細瞇起眼睛說：

「我才嚇了一大跳呢，公主，為了小心起見，妳還是躺下來吧……」

脩子對擔心的藤花搖搖頭，瞥了風音一眼。

風音從她窺視的眼神看出了什麼，瞇著眼睛說：

「公主，妳有事瞞著我們吧？」

嚴厲的語氣讓脩子低下了頭。

「昨天晚上我做了夢。」

「夢？」

反問的是獨角鬼，其他兩隻小妖和藤花默默等著她說下去。

脩子邊在膝上玩弄雙手，邊吞吞吐吐地說：

「以前，晴明不是教過我可以見到思念的人的咒文嗎？」

藤花想起那件事，點點頭。

「父親在給我的信中提到，母親每晚都會來到他夢裡……我好羨慕。」

所以她不斷重複唸那個咒文，直到睡著，期盼母親會來見她。

「母親真的來了。」

風音眨了眨眼睛。

「哦……」

藤花發出驚嘆聲，脩子開心地笑了起來。

「回京城後，我第一次見到母親，所以很高興，高興得過了頭……」脩子忽然沮喪地垂下肩膀說：「就那樣醒來了……」

「咦咦⁉」

小妖們異口同聲地尖叫。

她在漆黑中猛然張開了眼睛。

剛剛還在眼前的定子，已經消失了蹤影，只聽見不知道從哪傳來的蟲叫聲，還有微弱的拍翅聲。她聽著蟲子撞擊板窗的噹噹聲響，努力閉上眼睛，希望可以繼續做夢。

但無論她怎麼努力，都沒有睡意，不但做不了夢，還整夜無法闔眼，直到天亮。

藤花現在才知道，原來今天早上在叫醒她之前，她就醒來了。平常，在叫醒她之前，她都睡得很香甜，今天卻是張大眼睛躺在床帳裡。

現在回想起來，似乎神情還有些落寞。

「對不起，我沒察覺……」

脩子慌忙搖搖頭，對致歉的藤花說：

「妳不用道歉啊，都怪我自己睡不著。」

第一次睡得這麼少，她其實從一大早就不太舒服了。可是，命婦知道她身體不滴，一定會太過擔心，搞得全宮上下雞飛狗跳，風音也會挨罵。

她不想這樣，所以裝出沒事的樣子，像平常一樣行動。

風音嘆口氣說：

「睡眠不足，身體就會比較虛弱，容易感冒。有沒有發燒？肚子怎麼樣？」

「不太有食慾。」

還覺得有點冷。

藤花擔心地摸摸她的額頭，沒有明顯的熱度，但感覺體溫比平常高。

「公主，跟大帥商量，把宴會的日期延後吧？」

聽到這樣的提議，脩子搖著頭說：

「不，不可以。」

伊周是計畫配合那個日子抓螢火蟲。

「螢火蟲是活生生的東西。他一定是從現在開始找螢火蟲，再配合那個日期進行捕捉。延後的話，又要從頭開始策劃了。」

而且，在宴會之前，伊周的隨從每天都會來。脩子也知道，他來是為了做準備，可是她怎麼樣都不喜歡那個叫秀則的男人。

那個人應該不是壞人，感覺對伊周也很忠心，但就是有說不出來的某個部分令脩子厭惡。

「宴會延期，伊周的隨從就必須多來這裡幾天，太辛苦了。」

風音清楚看見，當脩子猶豫地這麼說時，藤花的表情緊繃起來。

她想起藤花剛才緊張的樣子。那時伊周還沒離開，那個叫秀則的隨從當然也還在這座宅院裡。

風音假裝不經意地問：

「對了，公主，在大帥離開之前，那個叫秀則的隨從都待在這裡嗎？」

藤花的視線飄忽不定。

脩子歪著頭說：

「沒有，他說為了準備宴會，要在庭院繞繞看看，命婦也允許了。」

「這樣啊。」

風音點點頭，假裝看著脩子，其實偷偷觀察藤花的神情。

在脩子面前總是保持平靜、沉穩的藤花，表情僵硬地皺著眉頭。不過，真要說起來，只是非常些微的反應。

風音由此判斷，事情應該還不到無可挽回的地步。

但藤花毫無抵抗能力，不像風音在必要時可以單手扳倒一個大男人。

風音瞥小妖們一眼，立刻收回了自己的突發奇想，告訴自己不可行。

她想起小妖們曾經說命婦對藤花太冷酷，就把命婦心愛的東西藏起來作為懲罰。

幸好它們拚命地找，總算把失去的捲軸平安送回來了。但聽說事情真相的風音，還是非常嚴厲地訓了它們一頓。

有一陣子它們收斂了許多，但那樣的態度又逐漸消失不見，現在完全恢復原來的小妖的模樣了。

若是讓它們保護藤花，風音一定會後悔拜託它們做這件事。她敢說，絕對會後悔。

當伊周來的時候，最好還是自己隨時監視。

「雲居、藤花，我沒事啦，被命婦知道就麻煩了。」

「我只要看到妳有一點點的不舒服，我就會告訴命婦大人喔。」

藤花的語氣有些嚴厲，脩子乖乖點著頭。

「那麼，今天盡可能早點睡吧。」

「知道了。」脩子回應風音後，又低聲補上一句：「今晚也可以唸咒文嗎？」

母親既然來過一次了，今晚說不定也還會再來。她想跟母親說說話，即便是一下子也好。

風音原本要回她沒關係，但臨時把話吞回去了。

似乎有股寒意在她胸口搖曳。

「今晚……什麼都不要做，好好休息。如果今晚也來了，妳高興得睡不著，明天就可能真的會感冒了。」

脩子神情黯然。

令人意外的是，小妖們居然會站在安撫的一方，勸慰想爭取同意的脩子。

「好了好了，公主，風音說的也有道理。」

「以前晴明說過，人太累會睡不好哦。」

「睡不好就不能好好做夢哦。」

「是嗎？」

三隻小妖同時對著張大眼睛的脩子點頭，藤花也助陣說：

「它們說得沒錯，以前我也聽昌浩說過同樣的話。」

「啊，昌浩那小子就是沒好好睡覺，所以很晚才長高。」

獨角鬼哈哈大笑，猿鬼和龍鬼也跟著嘻嘻傻笑。

藤花和脩子都瞪大了眼睛。

「是這樣嗎？」

這麼喃喃低語的是藤花，脩子托著自己的臉頰，陷入了思考。

如果不好好睡就長不大，那麼，想趕快長大的自己，比誰都該好好睡。

「我知道了。今晚我會早點上床，好好睡覺。」

小妖們滿意地笑著說很好、很好。

藤花想起後來比自己長高很多的昌浩，內心湧現無法言喻的溫馨。

十二歲時，昌浩比她高出一個頭。但後來她不斷長高，有段時間兩人的高度幾乎差不多。

那之後，昌浩又慢慢長高，在相隔兩地期間，長高到她幾乎不認得了。
現在要花點時間，才能想起他以前的模樣。
想起他用還高八度的嗓音呼喚自己的名字，許下承諾的那個時候。
——明年一定要去看螢火蟲。
十二歲時的約定，到了十七歲的現在都還沒實現。
每年夏天，她都會遙望貴船，任思緒馳騁，在心中描繪舞動的美麗螢光。
不知道何時可以實現，說不定，一輩子都不會實現。
但只要心中保有那個約定，就能完全填滿她的心。
「宴會的時候，藤花和風音還是要待在房間裡喔。」
聽到脩子的命令，兩人默默行了個禮。

◇ ◇ ◇

黑虫蜂擁而來，昌浩緊急大喊：
「嗡吧喳啦基呢、哈啦嘰哈塔啞索瓦卡！」

拍翅聲被真言的音靈粉碎四散。

昌浩趁群虫暫時撤退時，快速畫出五芒星。

「請神速速消滅萬惡之物！」

畫出來的五芒星瞬間擴大，包圍了整座宅院。

被彈飛出去的虫子，不知道跑哪去了，被留在五芒星裡的虫子，聚集在一起，燃燒著熊熊怒火撲向昌浩。

昌浩正面迎擊。

在空中畫出跟剛才不一樣的圖——竹籠眼。

五芒星是用來祓除，六芒星是用來封印。

昌浩畫了好幾個竹籠眼，做出立體形狀。小怪在他旁邊吼叫。

噴出來的灼熱鬥氣，包圍成群的黑虫，把它們集中起來。因為了解昌浩要做什麼，所以小怪阻斷三面的路，刻意留一條生路給它們。

成群黑虫果然中計，往敞開的方向，亦即昌浩的正面，直直撲過去。

昌浩等所有黑虫進入竹籠眼裡，便揮下了刀印。

「萬魔拱服！」

光的圖騰成為囚禁黑蟲的籠子，最後被咒文炸毀了。

不絕於耳的拍翅聲，被竹籠眼破碎的聲音掩蓋消失了。

黑虫的翅膀紛紛飄落腳下。

還來不及撿起，就支離破碎地溶入了空氣中。

現場恢復靜寂。

昌浩為了安全起見，走下庭院，確認還有沒有黑虫活著。

方才那般濃烈、沉滯的陰氣，全都被颼走了。

碰到與自己反方向繞宅院一圈的小怪，昌浩才喘口氣說：

「總算解決了嗎……？」

起碼這座宅院四周，污穢已經消失，空氣開始恢復正常了。

「安倍大人……」

蹲在裡面木門前的文重，搖搖晃晃地站起來，走下庭院。

「最後還是只能求你了，昌浩大人，求你救救我妻子！」

正要把事情問個明白時，有個微弱的咔答聲傳入昌浩耳裡。

那是拉開木門的聲響。

被文重請入屋內的昌浩和小怪，看到頭上披著藍色衣服的身影，從房間鑽出來。

披著的衣服往後滑落，露出了隱藏的臉。

是個女人。年紀應該不到三十歲，比文重年輕十歲左右。

憂鬱的眼眸是黑曜石般的深邃顏色，但只露出了右眼，左半邊的臉被長長的瀏海蓋住了。

風吹進來，掀起了女人的頭髮。

看到隱藏的左半邊的臉，昌浩和小怪都倒抽了一口氣。

「這是……」

女人撿起往後滑落的衣服，又從頭上披下來。

「文重哥……我跟你說過，已經無所謂了啊……」

淚水從女人的眼睛湧出來。

「那些虫是追我追到京城來的，只要我被它們吃了，一切就都結束了。」

文重瘋了似的大叫起來。

「不！不行、不可以，柊子！」

摟著女人的文重吶喊著。

「沒有妳，我活著就沒有意義！求求妳，不要走……！」
衣服從流著淚的女人的頭上滑下來，從髮間隱約可見隱藏的左半邊臉。
女人的臉毀了半邊，處處都是裸露的骨頭。
簡直就像——
「……」
昌浩摸摸自己的右臉頰和耳朵。
簡直就像被那些虫咬過。
抱著柊子的文重，膝蓋無力地彎下去，兩人就那樣癱坐了下來。
「求求你，安倍大人！救救我的妻子柊子！」
「文重哥……不要再說了。」
柊子的聲音沙啞，是因為喉嚨半邊的肉，被咬得東缺一塊西缺一塊。
小怪不寒而慄。
昌浩的法術剛剛才把充斥這座宅院的陰氣祓除乾淨。
現在卻又飄起了陰氣。小怪追查陰氣來自哪裡，發現陰氣是從柊子的左半身飄過來的。

「總不會是妳的身體……」

小怪嘀咕幾聲後搖搖頭，想起一般人看不見自己。

「喂，昌……」

抬頭要叫昌浩時，發現柊子盯著它看。

「你知道了吧？」

小怪目瞪口呆，注視著柊子。

被夕陽色的目光射穿的女人，平靜地點了個頭。

從文重懷裡掙脫出來的柊子，毅然掀開了身上小袖⑤的左襟。

以身體中心線為準的左邊皮膚，被咬得破破爛爛，露出了白色的骨頭。

昌浩強壓下湧上心頭的震撼，擠出聲音說：

「怎麼回事……」

他不知道該說什麼。身體為什麼會變成那樣的疑惑，以及從女人身上飄出來的陰氣，已經讓他作出了一個結論。

女人默默垂下眼睛。從依然美麗的右眼，以及臉部毀損看起來慘不忍睹的左眼，啪答啪答流下來的淚珠，碎裂四濺。

「我的身軀已經不屬於這個世間，我的生命已經到了盡頭。」

昌浩的背脊掠過一陣寒意。

叫魂。

文重使用某種法術，把死者叫回來了。

小怪的陰陽講座

⑤窄袖便服。

11

自從昌浩去過九条的宅院後，那些黑虫就不再出現了。

陰陽寮的人和檢非違使、衛士組成的隊伍，每天晚上巡視，但朝議時都還不曾接獲遇見妖魔鬼怪的報告。

到陰陽寮工作的昌浩，向大哥報告說竹三条宮召他過去，所以要早退。

「是嗎？那麼，你做完今天該做的事，就走吧。」

「是。」

爽快答應的成親，臉頰憔悴，透著疲憊。

昌浩忍不住開口了。

「哥哥。」

「在陰陽部要叫我博士。」

「那麼，」昌浩把成親拖到陰陽部外面，才對著他說：「大嫂的情況如何？」

成親的眼睛泛起憂慮的神色，看樣子是不太好。

昌浩終於開口問了，卻不知道該對哥哥說什麼，眼神飄來飄去。

成親看到弟弟這個樣子，苦笑起來，緊繃至今的神經忽然放鬆了。

「居然輪到你來擔心我，我也太沒用了。」

昌浩嘟起嘴說：

「我又不是擔心哥哥，我是擔心大嫂。」

「是嗎？抱歉啦。」

成親瀟灑地回應，眼神卻帶著沉鬱。

「她每天晚上都做夢。」

「做夢？」

成親頷首回應，沉吟似地說：

「在漆黑中，她聽見了水聲。一回神，就看見了黑色鏡子般的水面。」

「咦……」

昌浩的心狂跳起來。成親用壓抑情感的聲音，淡淡地接著說：

「她察覺水面不斷產生波紋，便往那裡望去，看到波紋中心有個從未見過的怪東西……」

慢慢靠近她的生物，跟拖牛車的牛差不多大，四肢都有蹄子，但脖子上方卻是一張人臉。

昌浩目瞪口呆，在他腳下的小怪也倒抽了一口氣。

那是……。

「那東西靠近她，開口說話了。」

——以此骸骨……

昌浩啞然失色，成親低聲接著說：

「那個生物盯著她的肚子，嗤嗤笑了起來。」

不禁想像那個畫面的昌浩毛骨悚然。

看著肚子說「骸骨」，指的是還未出生的嬰兒嗎？

篤子總是在短短的尖叫中醒來，然後害怕地抱著逐漸大起來的肚子，無聲流淚。

成親用一隻手掩住了臉。

「孩子們看到她越來越憔悴，也很擔心，整日忐忑不安。」

現在才知道自己有多無力的成親，也是每天都大受打擊。

儘管把篤子藏在自己懷裡，說著沒事哄她入睡，到了早上，她還是會在驚恐中

醒來。夢的咒文也無效，他還做了修祓，也沒有用，無計可施了。

這樣下去，恐怕會受夢的影響，真的失去肚子裡的孩子。

為了避免這樣的事發生，他試過所有操縱夢的法術，意圖操縱篤子的夢，但全都失敗了。

「因為整個京城都沉滯堵塞，很容易做惡夢。還有，懷孕的人會因為一點小事就惶恐不安，這也是原因之一吧。」

只提很一般的狀況，是因為成親自己也知道這些都不是主因。

一直都有徵兆。

但生不下來。

有徵兆也生不下來。

不單是皇上、不單是行成，這種現象也輪到了成親身上。

昌浩的雙手緊握起拳頭。

——件。

還以為事情已經結束了。

件的預言一定會靈驗。件會攪亂人的命運。

在尸櫻森林遇見的孩子們的臉，不斷閃過腦海。
命運被攪亂的孩子們。無辜地走向滅亡的孩子們。
大嫂也會像那兩個孩子，成為件的犧牲品嗎？不，不僅是大嫂。萬一大嫂發生什麼事，哥哥、侄子、姪女的命運，也會偏離正軌。
絕不能讓事情變成那樣。
「……」
昌浩沉默下來。成親拍拍他的肩膀，露出淡淡的笑容。
「喂，你不是有事要去竹三条宮嗎？不快點把工作做完，就不能早走喔。」成親強笑著說：「抱歉，讓你聽這麼灰暗的事。」
那樣的身影令人心痛，昌浩的胸口彷彿被又冷又重的大石頭壓住了。
黃昏時刻來到竹三条宮時，裡面熱鬧滾滾，傳出以前不曾有過的喧囂聲。
「怎麼回事？」
驚訝的昌浩向雜役打聲招呼後，繞到了庭院。
伊周和文重、脩子和命婦、菖蒲，以及所有在裡面工作的人，幾乎都聚集在寢

殿前面的水流處。

文重打開大籠子，從裡面飛出了許許多多的螢火蟲。

在微弱的亮光中飛來飛去的螢火蟲，在水流處優雅地起舞。

脩子的眼睛閃閃發亮。

「太棒了，伊周大人，這些是從哪帶來的？」

看到脩子眉開眼笑，伊周非常滿足。

「這些是在賀茂川的……啊，請原諒我不能說太仔細，只能說那是個祕密場所。」

「那麼，我想看螢火蟲，就只能拜託伊周大人囉？」脩子苦笑著說。

伊周開心地回應：「是的，我會隨時聽從指示。」

在脩子旁邊欣賞螢火蟲的命婦，注意到目瞪口呆的昌浩。

「安倍大人。」

「是……實在太美了。」

昌浩只能這麼說。

命婦居然露出了罕見的溫柔笑容。

「真的呢，伊周大人好厲害，說到做到。」然後，她又帶點自嘲的味道，補上

一句：「都怪我想太多，也給安倍大人添了麻煩。」
「不……不，沒那種事。」
老實說，他早忘了要調查召蟲法術這件事。
小怪看他抱頭苦思，就對他說：「萬不得已時，就隨便捏造幾隻吧。」現在不必採取應急措施來矇混大家，實在太好了。
「樂師就快準備好了。」
命婦催昌浩趕快進寢殿，但昌浩搖搖頭說：
「不了，我在後面欣賞音樂就好。」
「是嗎？那麼，我會吩咐下人，不要忘了給你送膳。」
命婦說完就走了，目送她離去的小怪驚訝地喃喃說道：
「那真的是命婦嗎？」
昌浩看看小怪，用力點著頭說：
「嗯，其實我也那麼想。」
是心境上有了什麼變化嗎？或是被螢火蟲的美迷倒，心情大好而已？
這麼思考的昌浩，最後認為兩者都不是。

今晚比較特別，在寢殿的人除了伊周、文重外，還有好幾個沒見過的達官貴人，看起來都比文重年長。

仔細觀察，會發現聚集的都是跟伊周或他父親道隆有深交的人。應該是伊周通知他們，要慶祝文重回京城，他們也都應邀來了。

有段時間，他被皇上冷落，都沒人理他，過著寂寞的生活。

想到那些日子，他一定深深覺得，現在可以跟這些熟悉的人，圍繞著心愛的妹妹留下來的女兒，一起享受宴會歡樂，是多麼幸福的一件事。

音樂十分優美，命婦別出心裁準備的佳肴，也取悅了客人的視覺與味蕾。

寢殿裡只點燃了幾盞燈台。夜越黑，就越能映出螢火蟲的夢幻光芒。

夾在命婦與伊周中間，充分享受宴會歡樂的脩子，看準時機站了起來。

「接下來由命婦負責，我該休息了，伊周大人和其他人請盡情享樂。」

大人們都恭恭敬敬地行了個禮。

隨侍在側的菖蒲陪同脩子一起退席後，懸掛的燈籠便被點燃，宴席明亮了起來。

這意味著欣賞螢火蟲到此為止，接下來是聊天的時間。

廚房送來很多酒。在伊周的勸酒下，命婦喝了一杯，但沒再多喝，專心招待客人。

在階梯附近悄悄用膳的昌浩，對命婦這樣的堅持深感佩服。這時，有個伊周的隨從拿著瓶子和陶杯向他走過來。

「來一杯吧？」

對方把杯子遞給他，被他鄭重回絕了。

「對不起，我不能喝酒。」

「酒量不好嗎？」

「我不知道我酒量好不好，不能喝是家訓。」

「家訓？」

昌浩對驚訝的男人報上了名字。

「我叫安倍昌浩。」

男人眨了眨眼睛。

「安倍……」

雖然微醺，頭腦還是可以思考。

與竹三条宮有關係的安倍，是個陰陽師。

「啊，原來如此，那麼硬要你喝也不好，對不起。」

「不，是我失禮了。」

彼此道歉後，那個人就離開了。

「待在這裡，很可能又會被勸酒。」

昌浩這麼想，悄悄離開了那個地方。

寢殿周邊很熱鬧，但稍微離開一些就安靜了。

在看不見月亮、星星的黑暗中，隱約可見照亮宴席的火把亮光。

昌浩在階梯坐下來，呼地喘口氣。

在那樣的宴席，光是吃個飯，都覺得特別疲憊。小怪說不喜歡太吵，一開始就爬上了屋頂。

昌浩也很想逃走，卻不能逃走，這就是任職宮中的悲哀。

「哈哈哈，任職宮中啊……我也長大了呢。」

笑意不由得湧上心頭。

亮光瞬間飄過。是走散的螢火蟲從水流處飛到了這裡。

「這裡沒有水哦。」

昌浩對著牠們說話，也不曉得是不是聽懂了意思，牠們翩然轉向，往水流處那

裡晃蕩蕩地飛過去了。

目送牠們離去的昌浩，表情忽然緊繃起來。

在宴席上的文重，頻頻把目光拋向昌浩。

那晚之後，昌浩再也沒有去過文重家。

他求助於昌浩也沒用，那是扭曲哲理的事。

追根究柢，怎麼會變成那樣呢？

昌浩托著腮幫子，在記憶中搜尋。

閉上眼睛，沒有亮光的房間的光景，便清晰浮現腦海。

◇　◇　◇

披著藍染衣服的柊子，請昌浩和小怪進入臥房。文重沒進去，癱軟地靠在木門上，什麼話也沒說。

房間的四個角落，各自豎立著不同的樹枝，用眼睛看不見的線相連接，把房內飄盪的陰氣鎖在那裡面，似乎也做了淨化。

「那是祓枝。」柊子回應昌浩的視線，指著一根一根的樹枝說：「這是椿，這是榎，這是楸，這是柊。」

恍如描繪四季的變遷般，房內豎立著四季名稱的樹枝。

女人披著藍衣，對昌浩低下了頭。

「我是脫離哲理的人。但是，這樣下去，沒多久身體應該還是會腐爛，歸於塵土吧。」她瞇起眼睛說：「只要他願意放我走。」

靠在木門上的文重，肩膀劇烈顫動。

「我生病後，很快就死了。他咳聲嘆氣，悲痛欲絕。」

正打算追隨我而去時，他聽說了一件事。

「有人可以使用法術，把死人叫回來。」

柊子無奈地搖搖頭。

「我舉目無親，所以沒辦法轉告他。」

對這句話感到好奇的昌浩開口問：

「轉告什麼？」

女人低著頭輕聲說：

「轉告他絕對不可以把死人叫回來。尤其是我們，絕不能碰那種法術。」

這時候，淚水從柊子的眼睛撲簌簌地滑落。

沒多久，她的肩膀大大顫動，情不自禁地雙手掩面。

「我是柊的後裔，椿、楸都已經滅絕了……」

含著淚的聲音再也止不住顫抖，柊子低聲嗚咽起來。

「我……我這個柊的後裔……竟然要破壞榎的後裔鋪下的道路……！」

一直坐在昌浩旁邊傾聽的小怪，猛然張開眼睛，倒抽了一口氣。

「榎……？」它喃喃說著站起來，逼近柊子。「妳是說榎嗎？榎的後裔嗎？」

柊子含淚點頭。

昌浩看見小怪抖動了喉嚨。

「難道是……榎……笠齋……!?」

柊子顫抖地點點頭。

昌浩聽到從小怪嘴裡冒出來的名字，頓時臉色發白。

榎、笠齋。

為什麼會在這時候出現這個名字？

她說的話在昌浩腦裡骨碌骨碌盤旋。

椿。榎。楸。柊。

有人用這幾個字取名字嗎？

她是柊之子，所以叫柊子。

椿和楸已經滅絕了。並且，由她的神情來看，榎也滅絕了。

而她自己是柊的後裔，也是柊的最後一個人了。

以樹木為名的人，逐漸滅絕了，如同樹木枯萎那般。

哭泣了好一會的柊子，終於抬起淚流滿面的臉說：

「我們眾榊⑥，隨著時間逐漸滅絕了。命運被預言攪亂，怎麼掙扎都沒有用。」

女人又說了更恐怖的話。

「還有人企圖把死去的我們，從黃泉拉回來。是他保護著我，我們為了逃開追兵，逃到了這裡。」

然而，也因此把毫無關係的人都捲進來了。

「那些人操縱的黑虫，會把生物啃光，做成傀儡。當生物察覺時，已經太遲了。」

小怪挑起了眉梢。

「告訴我……做那種事的人是誰？」

昌浩的心狂跳。

柊子用幾乎聽不見的聲音顫抖地說：

「是……智鋪……祭司……還有跟隨他的人……」

◇◇◇

昌浩張開眼睛，咬住嘴唇。

智鋪祭司。祭司是第一次聽到，但智鋪這個名字他還記得。

想忘也絕對忘不了。

昌浩握緊了拳頭。

在四國的阿波，一定發生了什麼事。

察覺自己的心跳快得異常，昌浩試著做了個深呼吸。

然後維持這個動作，等著胸口平靜下來。

從那一夜起，他每天晚上都會做夢，一次又一次夢見與智鋪相關的所有事。

醒來時，總是一身冷汗，手腳末梢都非常冰冷。

小怪可能也一樣，那之後他們彼此都沒再提起這件事，昌浩也刻意避開文重。

在宴席上，不斷把目光拋過來的文重的心思，昌浩都了解，但他再也不想跟那個人和柊子扯上關係了。

因為他有預感。

「絕不能扯上關係……」

他刻意低聲嘟囔，試圖甩掉沉重的感覺。

這時候，他發覺有人從宴席向他這邊走過來。

他定睛凝視，看出是剛才來勸酒的男人。

那個男人四處張望，似乎在確認周遭有沒有人。然後，逕自點個頭，直直往渡殿前進。

昌浩張大了眼睛。

那個人前往的方向，是侍女們的房間。

宴會的喧鬧聲，乘著風傳進來。

藤花在點燃的燈台的微光下看書。

只靠燈色的微光，亮度不夠，但在宴會結束前，實在無法入睡。

她暗暗祈禱宴會趕快結束。

開始的時間是傍晚，快經過兩個時辰了。

脩子退席後，又提供了酒。

現在只有藤花一個人在這個房間。

剛才風音還在，但菖蒲說脩子怎麼樣都睡不著，希望她可以去幫忙，把她帶走了。

可能是很久沒被這麼多人和不熟悉的大人包圍，把脩子累壞了吧。

風音悄悄對藤花說會盡快回來，藤花無助地目送她的背影離去。

直到今天之前，伊周的隨從每天都來，動不動就找藉口來這裡，想盡辦法要聽藤花的聲音。

透過聲音、語調、措詞，可以大致了解一個女人的性情。

沒有寫信給她，是怕引起命婦的注意。

在這方面，藤花由衷感謝命婦的存在。

燈台的火焰發出嘰嘰聲搖曳著。

風從拉開的板窗吹進來。
她想差不多該拉下板窗了，正要站起來時，聽見有腳步聲向這裡靠近。
不是風音。她幾乎沒有腳步聲。
藤花慌忙熄滅燈台，但晚了一步。
在乍然降臨的黑暗中，響起秀則酒後帶著亢奮的聲音。
「侍女大人，妳在吧？」
藤花屏住氣息。
「沒用的，剛才我看見妳把火熄滅了。是發現我來才熄滅的吧？這麼做……是為什麼呢？」
是為了不讓任何人發現秀則在這裡，所以把火熄滅了？
還是為了讓秀則以為房間裡沒有人，所以把火熄滅了？
秀則本身希望是前者，但他也明白那不是事實。
儘管如此，被拒於千里之外，他的心還是有點受傷。
他想起碼可以共度一晚吧？
反正今晚主人和與主人親近的幾個人，都會住在這裡。前些日子在討論宴會的

細節時，命婦提過這件事。

裡面也備好了對屋。

「怎麼樣，今晚可以讓我進去嗎？反正沒人看見，如果妳要求的話，我可以答應不要看妳的臉，也不要聽妳的聲音，只要讓我進去就好。」

男人說完，從板窗窺視一片漆黑的房間內部。

他記住了屏風的位置，猜測侍女就在那附近。

要闖進去很簡單，但他還是希望取得同意。

「妳不回答，我是不是可以當作妳答應了？」

男人把手伸向了木門，就在這時候，有個恭敬但嚴厲的聲音刺穿了男人的背部。

「隨從大人，您迷路了嗎？」

在房間裡屏住了氣息的藤花，猛然張大了眼睛。

她在屏風背後側耳傾聽。

「這裡是公主殿下的隨身侍女的房間，隨從大人是酩酊大醉，迷了路，才會沒事走到這裡來吧？」

「啊，不，呃……」

秀則的聲音顯然十分驚慌，從木門附近走開了。

隨即響起衣服的摩擦聲，有個身影鑽到了板窗前面。

「大師正在找您呢，您還是快點回去吧？」

「咦，大人在找我？」

秀則發出驚訝的叫聲，醉意也不知道飛哪去了，趴躂趴躂跑遠了。

把所有注意力集中到耳朵的藤花，確定秀則的氣息完全消失了，才喘了一口氣，同時整個人也虛脫了。

緊握在手裡的匕首，從手中滑落。

那是風音為她準備的，以防萬一。

老實說，匕首會喚起她不好回憶，所以她很猶豫要不要帶著。但風音說有備無患，說服了她。

她把幸好沒機會拔出來的匕首放在桌上，悄悄從屏風後面爬出來。

板窗敞開著，垂下來的竹簾後面，可以看到坐著的模糊背影。

在黑暗中一直張著的眼睛，適應了黑暗，所以稍微可以看出輪廓。

那個人聽見藤花發出來的衣服摩擦聲，似乎做出了扭頭往後看的動作。

「沒事了，在妳平靜下來之前，我會待在這裡。」

藤花想站起來，發現膝蓋癱軟無力。

這時候才知道，原來自己比自己想像中還要害怕。

她強忍著不哭出來，爬到竹簾前面。

黑暗中看不見表情。

「謝謝……」

「嗯……太好了，妳沒怎麼樣。」

「傻瓜，我沒事啊。」

「真的嗎？」

昌浩的語氣帶著懷疑，藤花極力裝出平靜的樣子說：

「真的啊，雲居大人替我準備了匕首。如果他強行闖入，我就會拔刀。」

回應她的昌浩，從聲音聽不出來有沒有察覺她是在逞強。

「是嗎？那麼，我不出面也沒關係囉？」

「說不定哦。」

藤花嘻嘻笑起來，淚水濕了眼眶。

她用手掌按住嘴巴，拚命壓住快迸出來的嗚咽聲。

其實她好害怕，真的、真的好害怕。

說沒事是騙人的。即使有匕首，握著刀柄的手也抖個不停，不知所措。

若是對方闖進來，她一定會嚇得連叫都叫不出來。

「即便不需要，我想我還是會來，因為……我會保護妳。」

昌浩喃喃說道，聲音平靜而深沉。

藤花點點頭說：「嗯。」

在黑暗中，隔著竹簾，看不見彼此的臉。

但能感覺到彼此的氣息。

側耳傾聽，還能聽見衣服的摩擦聲，可以知道就近在咫尺。

「螢火蟲……」

「怎麼樣？」

「的確很美。不過，我並不想看……」

「是嗎？我也不想。」

因為這裡不是貴船。
即使在這裡看，也不是那天約定的螢火蟲。

縱使，這輩子都看不到螢火蟲、都會隔著這片竹簾。
只要能這般靠近彼此，便心滿意足了。
其他人陪在身旁的日子，想必不會到來。

小怪的陰陽講座

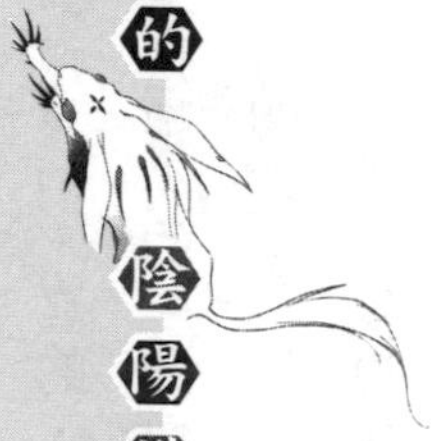

⑥常綠樹。

12

◇◇◇

紫色花朵飄零。

倚靠著那棵巨樹，閉著眼睛的老人，聽見微弱的拍翅聲和水聲，抬起了眼皮。

紫色花片如暴風雪般狂飛亂舞。

老人清楚看見，花片前有宣告預言的妖怪，和另一個身影。

『沾染死亡的污穢，櫻樹的封印將會解除。』

件的嚴厲聲音，被風掩蓋了。

接著，男人的低沉嗓音刺穿了晴明的耳朵。

『放你回去吧，安倍晴明——』

◇　◇　◇

十二神將太陰察覺有妖氣，肩膀顫動起來。

她認得這個妖氣。

太陰緩緩抬起頭，用缺乏抑揚頓挫的聲音低囔：

「……妖魔……」

她搖搖晃晃地站起來。

十二神將太裳站在圍繞吉野山莊的結界前，注視著樹木深處。

不知何時，妖氣已經十分逼近。

是以前從未經歷過的強烈妖氣。

被污穢引來的妖怪，的確在逐漸壯大中，但遠遠比不上這股妖氣。

偏偏這時候天后不在。

鄰近村落的唯一水井崩塌，在這座山莊工作的村人來找他們商量，能不能想辦法修復，所以他們答應去幫忙，作為平日的謝禮。

原先的預定，是由天后操縱水，清除掉落水井的石頭，到重新堆砌根基的階段，再由太裳接手。

在她結束工作回來之前，太裳必須邊維持結界，邊想辦法擊退妖魔。

妖氣逼近了。

無數的妖魔推倒樹木出現了。

長得像大豬的大塊頭，有一顆大眼睛、白色牙齒、裂到脖子的嘴巴。

『好像很好吃……』

相當於鼻頭的位置，有人類的嘴唇，愉悅地哼唱著。

太裳不由得往後退。

「這是……」

這是六合說過的妖魔。他曾說因為閃避不及，甲冑被抓傷了。連十二神將的鬥將，都說它們不好對付。

太裳膽戰心驚，屏住了氣息。

他會死守山莊，但不敢保證自己可以平安無事。

就在他抱定必死決心時，淒厲的神氣在頭上捲起了漩渦，他猛然抬起頭。

參差不齊的頭髮與紮起來的頭髮隨風飄揚的十二神將太陰，在烏雲密布不見朝陽卻依然逐漸翻白的天空，從高高舉起雙手之間，迸出了神氣的龍捲風。

她瞪著推倒樹木直逼山莊的妖魔，低聲叫嚷：

「竟然追到了這裡……！」

橫眉豎目的她放聲怒吼：

「不要這樣死纏爛打！」

龍捲風隨著吼叫聲被放射出去。

咆哮的神氣漩渦擊中了妖魔，好幾隻妖魔都被打得粉碎飛散。

太裳被衝擊的餘波牽連，撞上自己的結界，發出了微微的呻吟聲。

他挨著結界滑坐下來，但還是鬆了一口氣，仰頭望向天空。

「太好了，太陰……」

不知道把感情遺忘在哪裡的太陰，總算展現了憤怒。

在上空纏著風的她，俯瞰凹陷的地面，臉突然糾結起來。

大顆淚水從糾結的臉上滑落。

「晴……明……」

你為什麼不醒來？為什麼不回來呢？

為什麼我的頭髮還是這樣子呢？

「非你不可啊……」

其他人都不行，唯有晴明，可以把她的頭髮復原。

可以撫平她的傷痛。

可以療癒她的心。

太陰深深吸口氣，哭著大叫起來。

「晴明——……！」

那是椎心刺骨的悲痛吶喊。

嚎啕大哭的太陰，在庭院降落，搖搖晃晃地走進主屋。

眼淚如泉水般湧出來，止也止不住。

擔心的太裳走到主屋，卻在入口處停下來了。

他為什麼不進來呢？不停擦拭淚水的太陰茫然地思索著。

這時，有個熟悉的聲音鑽入了她耳裡。

「怎麼了，太陰……」

太陰驚訝地屏住了呼吸。

臉上還流著淚的她，戰戰兢兢地抬起頭。

躺著的老人，把頭扭向她這邊。

黑色的眼眸直直看著她。

「晴……明……」

太陰茫然地呼喚，老人緩緩點頭回應：「啊……」

跨出蹣跚腳步的太陰，在枕邊跌坐下來，雙手著地，盯著晴明的臉。

「晴明……」

「嗯，妳……不是在叫我嗎？」

太陰的嘴唇只是不斷重複著晴明的名字。

老人笑了起來，眼睛周圍的皺紋更深了。

「被那樣的聲音叫喚……就算快死了，也要來……」

被那樣的言靈叫喚，非來不可。

沒想到，晴明會說出以前自己曾說過的同樣言靈。

太陰又情不自禁地落下大顆淚水，抽抽噎噎地哭了起來。

◇ ◇ ◇

每晚都會做夢。

躺在寧靜的床帳裡，精神恍惚的皇上，迷濛地張開眼睛。

從某處傳來了暗沉的鳴響聲。

啊，又來了。

每次張開眼睛，就會聽見那個聲音。好像是來自某個遙遠的地方，但不知道是什麼聲音。

不過，他喜歡這個聲音。

聽見這個聲音，從四面垂掛下來的床帳就會搖晃起來，因為有人會悄悄溜進床帳裡。

過了一會，鳴響聲越來越大，床帳搖晃起來。

滿心歡喜的皇上正要爬起來時，開始劇烈咳嗽。

胸口疼痛難耐。

爬不起來令他焦躁。

他邊咳邊望向床帳，看到黑點閃閃爍爍地飛來飛去，不久就消失了。

他眨了眨眼睛。

咳嗽總算停了。

想起前幾天給脩子的信中寫了些什麼，他幸福地瞇起了眼睛。

儘管呼吸困難，他消瘦凹陷的臉還是笑得無比開心。

「我正在等妳呢，定子……」

他用虛弱的聲音呼喚。

站在床帳前的女人，眼神昏暗，微微笑著。

皇上閉上了眼睛。

啊，只聽到低沉的鳴響聲，聽不見她的聲音。

在耳朵附近。在床帳外。

每晚、每晚。

啊，對了，終於想到了。

那是虫子的拍翅聲。

好吵、好吵，吵得叫人受不了。
我會做夢。
每晚、每晚，定子都會來見我。
所以，我滿心期待她的到來。

後記

好久不見，大家好。

很久、很久沒有這麼多頁數的後記了。

該寫什麼呢？也很久沒思考過這件事了。出版社要我寫「有趣」的事，可是，所謂的「有趣」是什麼呢？

我在日本國語大辭典查詢「有趣」的意思，上面寫著「令人眼睛為之一亮的感覺」……可是，眼睛為之一亮的感覺因人而異，這樣的解釋好模糊。

每個人的感覺都不一樣，究竟有沒有絕對有趣的東西呢？恐怕不能肯定地說什麼有趣，才是世間常態吧？

所以，姑且不論讀者們會不會覺得有趣，來說說最近讓我眼睛為之一亮的事吧。

俗話說東西要好好珍惜。

我要說的就是這件事。

大家都希望東西能用得長久。

我也有很多希望可以用得長久的東西。

譬如帆布包、鉛筆盒、津輕漆鋼筆、機緣下承蒙割愛的桐製衣櫥、黃楊木刷子。

話說。

忘了是哪時候，有人對我說皮製品以鹿皮最好。

連祭神儀式都會用到鹿皮，所以要帶皮製品去神社的話，最好帶鹿皮製品。

眾所皆知，除了爺爺神社和高淤神的神殿外，我心血來潮就會去各地神社參拜。

出門時一定要帶錢包，所以我想或許有個祭神儀式用的那種皮也不錯，就去找鹿皮錢包了。

就這樣，我遇見了「印傳」。

聽說這個名字的來源是「從『印』度『傳』來」。遠從奈良時代的書箱，便可看見起源，在戰國時代更被做成武器的一部分，用來裝飾武將的英姿，是我國值得驕傲的傳統工藝。

使用的皮革當然是鹿皮。

細細回想，自古以來做什麼都少不了鹿呢。「太占」是用鹿的骨頭占卜，衣服、

鞋子、繩子、墊子也都是鹿皮做的。肉被稱為「momizi」，我們的祖先都把鹿肉當成山珍享用。狩獵圖畫中的獵物，也大多是鹿或兔子。

日用品、祭神儀式的道具、武器，都會使用鹿皮，一定是因為鹿會乖乖被獵捕，而且很大一隻，鹿肉、鹿骨、鹿皮、鹿角等全身都能使用。

用漆畫在鹿皮上的圖案，也很漂亮。更吸引人的是，每個圖案都有不同的意義。最近，除了蜻蜓、青海波⑦、菖蒲、菱菊、鱗等古典圖案外，還出了音符、兔子、玫瑰等新圖案，看得我眼花撩亂好煩惱。

我從陳列在和式雜貨店的皮夾中，選購了一個輕薄、看起來好用的皮夾，使用了一段時間。

現在多少有點破舊了，漆的圖案也變得斑斑駁駁。已經用好幾年了，我想差不多可以換新的了。

下一個當然也是印傳。這次要換其他圖案，該選什麼呢？

總括來說都是印傳，但每個產地、每家店的產品都不一樣。我在網路搜尋，找到很多家店，但圖案、顏色、形狀，都不太符合我的要求。

嗯——嗯——就選這個吧，可是……

根據過去的經驗，以「就這個吧」的想法選出來的東西，都用不久。
可以讓我覺得「非這個不可」的錢包在哪裡呢？
對了，專賣店一定有。
所以，我去了青山的甲州印傳店「印傳屋上原勇七」。
店內陳列著印傳製品。喔喔喔，有這麼多一定找得到。
然而，即便這皮革和漆的顏色都符合我的要求，也沒有我要的圖案，嗯——
老實說，在查印傳時，我看到有人訂製了小物件。
所以我試著詢問店員。
「印傳的錢包可以訂製嗎？」
「如果是這裡有陳列的錢包、小物件，只是顏色、圖案不同，應該可以訂製。如果是這些之外的東西，可能會有困難。您要的是什麼樣的東西呢？」
「我想要這個形狀、這個顏色的錢包，搭配這個圖案、這個漆的顏色。」
「啊，這樣可以。」
我雀躍不已，暗叫一聲「好耶」！因為太高興，除了長皮夾外，還訂製了小錢包和名片夾。

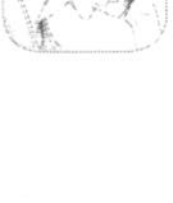

Order made——以日文來說，就是「誂え（atsurae）」，多麼悅耳！

我無論如何都想把這感動告訴讀者，與讀者分享。好啦，其實是我自己很想說。

我交代完自己的工作後，毅然詢問部長大人，可不可以把這件事寫在後記裡，部長大人還特地撥出時間來，告訴我印傳和店的事呢。

部長大人說以前的印傳，基本上都是訂製的，因為以前的人，都使用專屬於自己的訂製品。

印傳可以使用三代，從父母傳到孩子，再傳到孫子。有破損或斷裂，可以拿去修理，再繼續使用。「印傳屋上原勇七」這家店，只要是印有證明是自家出品的山印的製品，不管幾年、幾十年，都可以送修。

讓我印象特別深刻的是這句話。

「東西不是品質好才能用得長久，而是使用者會珍惜才能用得長久。妳一定認為長久與否是從購買的時候算起吧？不對，我認為要使用一段時間後，覺得這東西與自己親近了、熟悉了，從那時候算起。」

「就這個吧」，沒辦法使用長久，必須是「非這個不可」。

部長大人說出了我內心模糊不清的感覺。

真是讓我眼睛為之一亮，非常有趣的一番話。

滿意到想永遠珍藏的東西，才能長久使用，我在找可以讓我這麼想的東西。

對我來說，「非這個不可」，就是那樣的東西。

所以，我有很多東西都使用很久，都快變成「付喪神⑧」了。

我迫不及待想看到這次訂製的錢包也加入這個行列，滿心期待。對了，圖案是「麻葉底」和「狐狸」，看就知道是我會作的選擇（笑）。

爺爺用來裝道具的印傳的手提袋、腰包，由昌浩接收使用，因為已經成了付喪神，所以會發生種種小事，這樣的現代版故事也不錯呢。

妳（你）有這種想永遠珍藏的東西嗎？

有個可喜的通知。

二〇一〇年出版的《ASAGI櫻畫集「少年陰陽師」》的電子書，將於二〇一四年七月一日在日本上線。對了，就是跟這本《召喚之音》同一時間。

電子書的好處，就是紙本書為了配合頁數必須縮小的漫畫故事，可以用全篇幅的尺寸來看。而且，在螢幕上可以自由自在地擴大或縮小所有的插畫。

沒有買紙本書的人，請抓住這個機會。當然，也推薦給已經有紙本書的人。

單行本《吉祥寺所有怪事承包處》暢銷熱賣中。在「數位野性時代」，也有不定期的連載。我會努力盡快交出下一篇故事。

《少年陰陽師》第九篇章的第一集，大家覺得如何？請務必寫信告訴我感想。

又快到溽暑的季節了。根據馬路消息，今年會是冷夏，到底是不是真的呢？

我已經做好對付溽暑的萬全準備，請各位讀者也千萬要保重。

那麼，下一個故事見了。

結城光流

小怪的陰陽講座

⑦波浪圖案。

⑧經過漫長歲月有了靈魂的器物。

怪物血族
7 黎明的光環
結城光流—著
動人心弦的吸血鬼傳說完結篇！
被關在「隱處」的咲夜，偶然間見到了以為早已死去的親生母親瑪莉亞．克莉絲汀娜。然而，母親失去了所有與她相關的記憶，只是對著她說：「妳是誰？」傷心不已的咲夜，被帶去見克萊斯的創始人格隆達。在那裡，她知道了隱藏在克萊斯背後的震撼真相。圍繞著咲夜的坎坷命運，以及她與血族之間的關係，終將撥雲見日！
© Mitsuru YUKI 2013 / Komeko AMAJIO

國家圖書館出版品預行編目資料

少年陰陽師．肆拾叁，召喚之音／結城光流著；涂愫芸譯.-- 初版.-- 臺北市：皇冠，2016.01
面；公分.--(皇冠叢書；第4519種)(少年陰陽師；43)
譯自：少年陰陽師43：招きの音に乱れ飛べ
ISBN 978-957-33-3202-2(平裝)

861.57　　104026489

皇冠叢書第4519種
少年陰陽師 43

少年陰陽師——
召喚之音

少年陰陽師 43
招きの音に乱れ飛べ

作　　者—結城光流
譯　　者—涂愫芸
發 行 人—平雲
出版發行—皇冠文化出版有限公司
台北市敦化北路120巷50號
電話◎02-27168888
郵撥帳號◎15261516號
皇冠出版社(香港)有限公司
香港上環文咸東街50號寶恒商業中心
23樓2301-3室
電話◎2529-1778　傳真◎2527-0904
總 編 輯—龔橞甄
責任編輯—楊琇茹
美術設計—嚴昱琳
著作完成日期—2014年
初版一刷日期—2016年01月

法律顧問—王惠光律師

讀者服務傳真專線◎02-27150507
電腦編號◎501043
ISBN◎978-957-33-3202-2(平裝)
Printed in Taiwan
本書特價◎新台幣199元／港幣67元